KB033416

나는 너를 영원히 오해하기로 했다

손민지 지음

나는
너를
—
영원히
오해하기로
했다

들어서며

이별의 순간은 서로를 영원히 오해한 채로 남겨놓는 일이다. 더 이상 어떠한 해명도 하지 않고 시간 속에 서로를 걸어 잠그고 빠져나와야 한다. 이후 남겨진 감정은 각자의 몫이 된다. 이별에 속수무책으로 아파하면서도 감정의 잔해를 오래도록 응시했다. 그래야만 이별을 납득할 수 있었기 때문이다.

관계는 뚝 잘려 나갔지만 여전히 나는 사랑이라는 스펙트럼 안에 서 있었다. 그 사람이 내게 만들어낸 파장은 사랑을 하는 동안은 물론, 사랑이 끝난 후에도 줄곧 나의 지층 아래 살아 꿈틀대고 있었다. 그 불합리한 시간 속에서 겪은 감정을 나름대로 정리한 것이 2년 전 만든 동명의 독립출판물이다. 그 내용의 대부분이 이 책의 1장에 실렸다. 이제 그 책을 만들고도 꽤 오랜 시간이 흘렀다. 선명했던 시간의 자국은 옅어지고, 당시 단언했던 말도 잘 기억나지 않는다.

새롭게 개정판을 만들면서 고민했던 것은, 과연 내가 어떤 이야기를 더 들려줄 수 있을까였다. 이별의 아픔이 무뎌지고 나면 나는 또다시 사랑을 희망해야 하나. 하지만 마음은 쉽게 그쪽으로 흐르지 않았다. 누군가를 오해하기로 결정한 후, 스스로를 완전한 혼자로 분리하기 위해 대부분의 시간을 보냈다. 혼자 원고를 쓰고, 달리는 생활을 반복했다. 그 시간 동안 깨달은 것은 과거의 나는 타인과의 관계 속에서만 스스로의 존재감을 발견했다는 것이다. 내 삶의 주도권을 타인에게 넘겨주고 내 행복을 타인에게 의탁했다. 그러니 정작 스스로와는 잘 지내지 못했다. 수많은 관계 속에서 넘어지길 반복한 후에야 겨우 알게 되었다. 타인이 내 삶에 드나드는 동안 절대 변하지 않은 단 한 가지는 나는 나를 떠나지 않았다는 사실이다. 그러니 삶에서 사람들이 멀어지더라도, 그 자리를 또 다른 사람이 대체하지 않아도 스스로를 꼭 붙들고 단단하게 지내고 싶었다.

자연스레 과거의 관계도 내게 새로운 의미로 재정립되었다. 어떤 관계에서든, 설령 상처만 남은 관계였다 해도 적어도 나에 대해서만은 분명 무언가를 배웠다. 그러므로 이제 전과는 조금 다른 모습으로 관계 속에 존재할 차례다. 다양한 타자들과의 관계 속에서 튼튼하게 서 있기 위한 고민이 책의 2장에 담겼다.

여전히, 누군가와 함께하기 위해서는 감수해야 할 것들이 많다고 생각한다. 사랑하는 사람은 내게 기쁨을 주지만 고통 또한 안겨준다. 우리는 서로의 유기적인 변화를 감당해야만 한다. 이는 내게 용기의 영역이다. 언젠가 용기를 내기 위해서라면 단 한 가지 방법밖에는 모르겠다. 정말로 진부하지만 누군가가 없이도 나와 잘 지내는 것뿐이다.

1장.

내가 껴입지 않은 세월까지 이별하는 기분으로

2장.

결국 마음의 온기를 나눠주고야 마는 존재들

1장.
내가 껴입지 않은 세월까지
이별하는 기분으로

사랑이 지나간 후에

―――

한 사람이 밀물처럼 왔다 썰물처럼 갔다. 내 세계의 절반도 함께 떨어져 나갔다. 왜 내게 이런 일이 일어났는지 이유를 찾기 위해 기억을 해체해봤지만, 그 모든 것이 이유였고 어쩌면 그 어떤 것도 이유가 될 수 없었다. 그저 어떤 사람이 내게 잠시 머물다 갔고, 썰물 뒤에는 뜨겁던 여름의 발자국만이 희미하게 남아 있을 뿐이었다. 사랑은 모든 종류의 감정을 포함하고 있기에 분노가, 미움이, 원망이, 미련이 나를 순서대로 흔들고 지나갔다. 이 모든 감정이 관통한 자리에는 상흔만이 남았다. 사랑은 고작 상흔만을 남기거나 그 무엇도 남기지 못했다. 그렇지만 사랑이라는 사건을 겪은 후에는 이전과 똑같이 살아갈 수 없다. 사랑이 지나간 자리에는 아무것도 없지만, 아무것도 아닌 일이 되지는 않기 때문이다. 이미 사랑이라는 사건을 여러 번 겪은 후의 내 영혼은 겹겹이 두꺼워졌거나, 아니면 어딘가 닳았거나. 닳아서 더 이상 사랑할 수도, 사랑하지 않을 수도 없는 상태에 이르렀거나.

너와 함께여서 불행해

———

헤어지자, 하면 헤어지는 것이 도무지 말이 되지 않는다고 생각하면 사랑만큼 나약한 건 없었다. 어느 날 갑자기 사랑이 사라져서 우리는 이렇게 되었나? 균열은 천천히, 그러나 순식간에 생겼다. 그 틈을 한번 인지하기 시작하면 이런 식으로는 도저히 관계를 지속할 수 없는 상태가 된다. 이대로 헤어지는 것도 두렵지만 이대로 사랑하는 것도 두렵다. 그래도 이 고비만 넘기면 우리 사이가 더 단단해질 거라 기대하면서 이 상태를 벗어나려 노력해본다. 무감해지려 애쓰고 혹여 상대의 심기를 건들지 않을까 매 순간 조심한다. 조심하려는 마음은 스스로를 위축시키고 상대보다 내가 더 희생하고 있다는 생각을 들게 해 결국 상대의 행동에 무감해지기는커녕 오히려 민감해지고 만다.

노력을 하면 할수록 더 나빠졌다. 우리 사이의 균열을 느끼고 있었지만 그 누구도 우리가 예전 같지 않다는 것을 입 밖에 내지는 않았다. 입 밖에 낼 수 있는 말이 하나 줄어들자 어떤 말을 해도 어색하게만 느껴졌다. 삼키는 말이 늘어나고 우리끼리만 아는 사소한 수다는 줄어들었다. 동시에 우리 사이를 지탱해주던 모든 암묵적 규칙들도 함께 느슨해졌다. 우리가 긴 시간에 걸쳐 하나둘씩 세운 규칙들이 무너진다는 것은 서로의 생활에서 서로가 조금씩 배제되고 있다는 것을 뜻했다. 배제당하는 것으로부터 상처받지 않기 위해 여전히 무감해지려 애썼다. 사실 내가 겁먹고 뒷걸음질 치고 있는 것인지 상대가 달아나고 있는 것인지는 구분할 수가 없었다.

'너와 함께여서 불행해.' 하나가 아닌 둘이라서 느끼는 이 결핍은 너무도 모순적이라 상대가 존재하는 한, 아니 상대를 사랑하는 한 나는 계속해서 외로워야 했다. 이것은 인간 본연의 외로움과는 달라 체념할 수도 없고, 채우려 해도 채워지지 않았다. 사랑을 하면서 외롭다면 차라리 홀로 외로운 게 나았다. 이제 스스로를 지키기 위해서는 이 붕괴된 관계에서 용감히, 잘 빠져나오는 일만 남았다.

사소한 균열이 결핍을 만들고 결국 우리는 외롭지 않기 위해 서로에게서 빠져나온다. 그리하여 헤어지자 하면 헤어지고 갑자기 사랑이 사라지는 이 진부한 이야기는 전혀 놀라울 것 없이 끝나지만, 이 과정은 아무리 반복되어도 영영 익숙해지지 않을 것이다.

이별

시간에 의해 뒤틀리고 어그러진 관계를 나이가 들면서 더 쉽게 포기할 수 있게 되었다. 엉켜버린 감정의 매듭을 찾으려는 노력은 늘 실패로 돌아가 우리는 서로의 어느 곳에도 가닿지 못하고 허공에서 맴돌았다. 오해하면 오해한 채로 두었고, 우리 관계의 가능성과 한계를 남몰래 가늠했다. 정말 그 날이 마지막이 될 줄은 몰랐다. 서로가 보고 싶어 만났고, 맛있는 저녁을 먹었고, 마지막엔 서로를 경멸하며 헤어졌다. 이 모든 과정이 이상할 것 없이 자연스럽게 흘러갈 수도 있었다. 언제부턴가 서로에게 어떠한 기대도 걸지 않게 되었으므로 화낼 필요도 설명할 필요도 없었다.

이별은 그런 것이었다. 이 상황을 풀어나가기 위한 어떤 의지도 에너지도 남아 있지 않아서 차라리 서로를 영원히 오해하기로 결정하는 것. 오해받아도 기꺼이 변명하지 않는 것. 오해한 채로 서로를 그 시간 속에 걸어 잠그고 떠나는 것. 준비된 이별은 없었으나 언젠가부터 우리 사이를 주시하던 우리는 마치 준비한 것처럼 동시에 서로를 놓아버렸다.

한때는 서로의 정신을 가지고 싶을 정도로 열렬했지만 바스러진 노인의 마음으로, 내가 껴입지 않은 세월까지 이별하는 기분으로.

절반의 아침

───

　　　　　　　아침마다 눈뜰 때면 내게 일어난 일이 거짓인가 싶어 빠르게 지난 일을 상기해본다. 마음속으로 그 이름을 발음해본다. 하루가 다르게 그 이름이 낯설어지고 발음이 자꾸만 부서진다. 새 나간다. 지난밤 꿈에 나는 너를 괴롭혔고, 나는 괴롭히면서도 괴로웠다. 찡그리며 눈 뜨면 어디까지가 꿈이고 어디서부터가 현실인지 사실관계부터 따져야 했다. 꿈에 너는 그리 가까이 닿아 있었는데 다시 정신 차리고 세수를 하고 나면 어김없이 나는 출근 준비를 하고 회사로 간다. 너의 세계로부터 뚝 떨어져 나온 내 절반의 아침이 아무렇지 않게 또 시작된다.

우리가 가진 결핍 사이에

───

사랑은 우리가 가진 결핍 사이사이에 존재했다. 결핍을 메우고, 마음 한구석의 알 수 없는 구멍을 채워주는 게 사랑이었다. 사랑이 내 속에, 혹은 네 속에 존재하기보다는 우리 사이의 어떤 흐름으로 존재하고 있어 서로의 결핍마저 연결된 것 같았다. 어떤 날엔 네가 느끼는 슬픔을 알고 싶어 네가 되고 싶다는 생각을 했고, 그럴 때면 왜 사람은 하나의 영혼밖에 가질 수 없는 것인지 원망스러웠다. 사랑을 하면 할수록 스스로를 잃어갔다.

나의 결핍을 드러내고, 너의 불안을 공유하고, 치부를 들키고, 서로의 밑바닥을 보여주고. 그런 것들로 연결된 우리 사이의 공기 밀도는 점점 더 짙어졌다. 두 개의 삶이 하나의 삶이 될 수도 있다고 생각했다. 우리는 서로를 독점하길 즐겼고 지나간 계절에는 함께 슬퍼했다.

모든 새로운 것은 낡은 것이 된다

———

　　　　　이별 후 혼자가 되었음을 받아들이기 힘들어질 때, 태어나서 단 한 번도 혼자였던 적 없었던 것처럼 온몸의 감각이 나를 속일 때면 영화 〈우리도 사랑일까Take This Waltz〉의 마고를 떠올린다.

마고는 혼자 찾은 여행지에서 우연히 만난 대니얼에게 강렬한 끌림을 느낀다. 하지만 마고에게는 5년의 세월을 함께해온 남편 루가 있다. 흔들리는 마음을 다잡기 위해 대니얼을 외면해보지만 가는 마음을 막을 수 없다. 결국 마고는 고민 끝에 대니얼을 택한다. 하지만 대니얼과 뜨거운 시간도 잠시뿐이다. 실로 영화 속 화면은 빨리 감기를 한 것처럼 그들의 시간을 빠르게 돌린다. 그리고 마고와 루가 그랬던 것처럼, 마고와 대니얼과의 관계 또한 서서히 권태로워진다.

이 영화는 주인공이 권태로운 관계를 벗어나서 진정 가슴 뛰는 사랑을 찾아 오래오래 행복하게 살았다는 이야기를 하지 않는다. 마고는 결국 홀로 남는다. 아무리 강렬한 사랑의 설렘도 처음처럼 유지될 수는 없었다. 영화 속 중년 여인이 "모든 새로운 것은 낡은 것이 돼"라고 말했던 것처럼 새로운 관계도 결국 낡아진다. 인간이 성장기를 거쳐 노화의 단계를 지나는 것처럼 모든 관계 또한 시간에 따라 모양새가 변하고, 거리가 느슨해지고, 얼룩이 생긴다. 그렇게 낡은 관계는 때로는 근사한 빈티지가 되지만, 자연스레 소멸하기도 한다.

사랑이 늘 새 것의 모양으로 존재할 수 없다는 걸 깨달았다고 해서 마고가 어리석은 선택을 했다고 할 수 있을까. 마고가 무모한 사랑에 뛰어들었던 것은 자신의 의지로는 어쩔 수 없는, 어떤 불가항력에 의한 것이었다. 마찬가지로 관계의 모양새가 변하고 또다시 혼자가 되는 일 또한 마고의 힘으로는 어쩔 수 없는 일이었을 것이다. 그저 사랑의 탄생과 노화가 그렇게 생겨먹은 탓이다. 마고는 이 불합리한 사랑의 시작과 끝을 온몸으로 충실하게 겪어냈을 뿐이다.

사랑 끝에서 예외 없이 우리는 홀로 빠져나와야 한다. 사랑에 온몸을 내던졌던 용기로 기꺼이 다시 혼자가 될 수 있으리라 믿는다. 감정에 충실하게 흔들리고도 버텨냈던 힘으로 다시 혼자 걸어 나갈 수 있길 소망한다. 영화 마지막 장면에서 홀로 남아 미소 짓는 마고처럼.

우리가 되는 순간

———

한 번도 듣지 않은 이야기인 것처럼 네 이야기를 계속해서 듣고 싶었다. 유난히 했던 이야기를 금세 잊어버리고 또 하던 너와, 너의 목소리와 그 목소리의 섬세한 울림을 계속 듣고 싶다고 생각했다. 그 여름 나무 아래 내 그림자 일렁이고 그 위로 너의 목소리가 흐르면 내게 묻었던 얼룩도 지워지고 시간도 지워지고 우리가 우리가 되는 순간이 있었다.

공포를 끝내는 법

———

연애라는 사건에서 가장 큰 공포는 헤어짐의 순간이 아니다. 헤어짐은 둘이 함께함으로 인해 생기는 고통을 끝내겠다는 의지의 행동이므로 차라리 희망적이다. 그보다 더 실질적인 공포는 그 전에 발생한다. 연인의 행동이 미묘하게 예전 같지 않음을 느끼는 것. 그리고 불길한 예감이 맞아떨어짐을 확인해가는 과정은 공포스럽기까지 하다. 그 불길한 예감을 지우기 위해 위태로운 다정함을 보여주고, 갈등을 키우고 싶지 않아 전전긍긍

한다.

영화 〈미드소마Midsommar〉에도 비슷한 이야기가 나온다. 주
인공 대니는 남자 친구 크리스티안의 마음이 식은 것을 느
끼고 있지만 내색하지 못한다. 괜히 얘기를 꺼냈다가 정말
로 헤어질까 봐 두렵기 때문이다. 가족을 모두 잃는 비극
을 겪은 대니의 입장에서는 유일하게 의지할 수 있는 사람
인 크리스티안마저 잃고 싶지 않았을 것이다. 반면 크리스
티안은 1년 전부터 대니와 헤어지고 싶어 했지만 정작 헤
어질 용기가 없어 어떤 의무감으로 관계를 이어가고 있다.
그러니 그에게 대니의 비극은 남의 일이다. 비통함에 빠져
있는 대니를 위로해주기는커녕 스웨덴행 비행기 티켓까지
끊어놓고는 대니에게 어떠한 말도 하지 않는다. 그녀는 크
리스티안의 세계로부터 자신이 점점 배제되고 있다는 사
실을 확인하지만, 안타까울 정도로 그를 붙들고 있다.

그런 대니가 답답하게 느껴졌지만 나 역시 생명력을 잃은

관계를 오랜 기간 놓지 못했던 것은 마찬가지다. 이대로 관계를 지속할 수 없다고 결정했으면서도 몇 번이고 그 결정을 번복했다. 끝이 뻔히 보이는 관계에 위태롭게 발붙이고 있었던 것은, 미처 소진하지 못하고 남아 있는 마음 때문이었다. 더 이상 참을 수 없어질 때까지 기다리는 사람처럼 스스로를 막다른 길로 몰아갔다. 하지만 헤어짐을 반복할수록 명확해지는 것은 우리 둘 중 하나가 또다시 이별을 이야기하리라는 것이었다. 언제 헤어질지 모른다는 공포를 끝내기 위해서는 헤어지는 방법밖에는 없다. 헤어짐이 유일하게 남은 희망이라는 것을 알아차리기까지 너무 오랜 시간이 걸렸다.

포기

———

노력이 다했다고 했다. 더 이상 노력하고 싶지 않다고, 누가 이 말을 먼저 꺼냈는지 기억나지 않을 정도로 결국 우리는 같은 마음이었다. 사랑이 끝나서 노력을 멈춘 것이 아니라 오히려 늘 그 반대다.

불행의 비교 대상

———

매일 똑같은 괴로움 속에 나를 담금질하는 시간이 지나가고 상처는 조금씩 아물어가고 있다고 생각했다. 하지만 불시에 걸려온, 끝내 받지 못한 전화 한 통에도 다시 처음으로 돌아간 듯 속수무책으로 흔들리는 게 이별의 마음이었다. 익숙한 번호가 까만 화면을 밝히자 나는 순식간에 생생하게 아프던 그날로 다시 돌아갔다. 나는 그가 가진 패를 모른다. 한순간의 감정으로 전화한 것일 수도 있고 진심으로 재회를 바라는 것일 수도 있다.

매일매일을 너 없이 혼자 힘으로 위태롭게 견뎌 여기까지 왔는데 지금의 균형을 무너뜨릴 용기는 나지 않았다. 그러니까 이건 생존의 문제처럼 느껴졌다. 아무 일도 만들지 않는 것이 내 위태로운 일상에 최소한의 파장만을 만들어낼 것이다. 그리운 마음과 그리움을 외면할 수밖에 없는 마음이 더해졌다. 그러나 마음은 쉽사리 행동으로 이어지지 못했다.

어쩔 수 없이 우리는 자기 자신과 비슷한 불행을 보며 위안받는다. 나도 불행의 비교 대상을 찾아야 했다. 우리가 같은 사랑에서 빠져나왔으니 나와 비슷한 불행을 가진 사람은 그였다. 나만 아픈 게 아니라 그도 똑같이 아플 거라고 생각하는 것이 이별을 견디는 나의 무기였다. 우리는 비슷한 무게의 미련을 견디고 있고, 이제는 더 이상 뒤돌아보지 않는 것이 자연스레 우리의 길이 되리라 직감했다.

의연하다가도 자주 무너졌다

나이가 들어 좋은 점은 내 힘으로 바꿀 수 있는 일과 없는 일을 구분할 줄 알게 되고, 내 힘으로 바꿀 수 없는 일이라면 그것을 정면으로 마주하는 일만 남았다는 것을 인정할 수 있게 되었다는 것이다.

서른의 이별은 여러모로 스물의 이별과는 달랐다. 스물의 이별은 슬픔보다 고통에 가까웠다. 그런 종류의 고통이 있다는 것은 상상도 못 했기에 고통을 어떻게 감당해야 하는

지도 몰랐다. 사랑의 끝에 서본 적 없었으니 당연했다. 사랑이 끝나는 것처럼 고통도 언젠가는 끝난다는 것을 몰라 기약 없이 앓았다.

그때에 비하면 이제는 슬픔을 처리하는 방법 정도는 알았으니 이쯤은 다 안다는 듯한 얼굴을 하고서 이 슬픔을 유유히 통과하기만 하면 될 일이었다. 어디에나 널린 아픔이니 유난스럽게 굴지 않아야 한다는 것도, 고통은 유예할수록 더 커져서 돌아오기에 더 이상 쓸모없는 노력은 하지 않는 게 신상에 좋다는 것도 알고 있었다.

당연하게도, 아는 것과 다르게 고통은 늘 생경했고 그 풍광은 유난하지 않아 더 쓸쓸했다. 우리에게 다음은 없을 거라는 걸 받아들일 예정이었기에 조금은 의연했고 의연하다가도 자주 무너졌다. 무너졌으나 한 발은 현실을 딛고 있었고, 그런 날들이 반복되어서 눈시울이 자주 뜨거워졌으나 울지는 못했다.

관계의 불균형

―――

우리가 똑같은 양의 마음을 뚝 떼어서 서로에게 줄 수 있다면 얼마나 공평할까. 하지만 나는 늘 관계 속에서 불균형을 경험했다. 내가 더 많이 양보하는 쪽일 때도 있었고, 내가 덜 참는 쪽일 때도 있었다. 그리고 내가 덜 참는 쪽이 되었을 때 나를 위해 한 발 물러났을 상대방의 노력은 늘 뒤늦게 보인다.

한 부부의 이혼 과정을 그린 영화 〈결혼 이야기Marriage Story〉

에서 니콜은 이렇게 말한다. 사랑이 식은 거라면 간단하지만, 찰리와 결혼 생활을 하는 동안 내가 점점 작아졌다고. 찰리가 운영하는 극단의 배우였던 니콜은 연출을 하고 싶어 했지만, 찰리는 매번 다음 기회로 미뤘다. 또한 니콜은 자신이 나고 자란 LA로 돌아가 살길 원했지만, 찰리의 삶에 맞춰 사느라 뉴욕에 남아야만 했다. 결정적으로 니콜이 LA에서 배우로서 좋은 기회를 얻었을 때에도 자신의 세계를 찰리로부터 응원받지 못한다고 느낀다. 니콜이 찰리를 사랑하는 것과는 별개로, 니콜은 자신이 원하는 삶을 살수 없었다. 그것이 니콜이 찰리와의 결혼 생활을 끝내고 싶어 했던 이유다. 결국 관계 속에서 내가 설 수 있는 자리가 없다면 어떻게든 관계의 균형은 무너지게 되어 있다.

나는 같은 여자로서 니콜의 입장을 더 헤아렸지만, 반대로 내가 찰리였을 때를 떠올리지 않을 수 없었다. 찰리의 입장에서 니콜의 이혼 선언은 무척 당황스러운 일이었다. 불만을 차곡차곡 쌓아왔던 쪽은 니콜이었기 때문이다. 그동안 찰리는 자기 일에 여념이 없었고 니콜의 희생을 눈치채지 못했다. 그리고 니콜과 자신의 관계는 순조롭다고 믿어왔을 터였다.

나 역시 우리 관계가 순조롭다고 믿어 의심치 않는 동안, 상대방은 나의 세계로 들어오기 위해 끊임없이 노력했을 것이다. 자신의 빠른 걸음을 내게 맞춰주고, 별로 좋아하지도 않는 프랑스 영화를 함께 봐주고, 조금 성가셨을 내 직장 생활의 불만을 누구보다 성의 있게 들어줬던 것 모두 상대방이 내 세계의 일부가 되어주는 일이었다. 때로는 그러기 위해 그가 자기 자신을 접고, 재고, 잘라내야 했을지도 모른다.

한 사람의 더 많은 양보로 유지되는 관계는 곪았다가 한 번에 터지기 마련이다. 아무 일 없이 순조롭게 관계가 흘러가고 있다면 한 번쯤 의심해볼 필요가 있다. 내가 모든 걸 당연하게 여기는 동안 한 쪽에서는 열심히 페달을 돌리고 있지 않은지. 결국 이혼을 하고서야 LA에서 살게 된 찰리처럼, 나는 한동안 혼자 남아서 상대방의 잔해를 살펴보며 오랫동안 주저앉아 있을 수밖에 없었다.

동화

———

우리는 서로에게 작은 자리를 내주다가 점점 넓은 자리를 내주며 섞여들었다. 원래 우리가 어떤 사람이었는지 기억할 수 없게 될 만큼.

영영 돌아갈 수 없는 집

———

서로의 밑바닥에 존재하는 우리는 서로가 서로의 자식 같기도, 부모 같기도 했다. 부모가 되어본 적은 없지만 부모가 된 것 같은 마음이었고, 이미 누군가의 자식이었지만 다시 어린아이가 되어 또 부모를 가진 것 같았다. 서로가 애잔했지만 자신을 더 연민했고 서로를 포용하면서도 포용받는 것에 더 집착했다. 점차 애정에 증오가 더해졌지만 그래도 부모가 자식을 버릴 수는 없다고 생각했다. 서로에게 부모가 되어주는 것보다는 자식이 되어 더 보살핌받고 싶어졌을 때 우리는 동시에 서로의 고아가 되었다. 영영 돌아갈 수 없는 집을 떠나는 마음으로 서로의 영혼을 떼어내고 각자를 지키는 것을 선택했다.

기분 전환

───

더 이상의 우리는 없었다. 멈춰진 그 날이 어제 같기도, 오래전 같기도, 혹은 없었던 일 같기도 했다. 사랑의 과정 안에서 내가 받은 상처는 그가 해결해 줬으나 이별로 인한 내 상처에 그는 어떠한 책임도 없다. 이제 내게 남은 건 오직 나뿐이었다. 사랑할 때는 상대방을 사랑했으니 사랑이 끝나고는 나를 사랑해야만 했다. 다시 나를 사랑하기 위해서 그를 향해 활짝 열어둔 나의 온 신경계를 다시 나에게 돌리는 데 집중하려 애썼다.

그렇게 시작한 것이 달리기였다. 달리기로 온몸의 근육이 당기고, 숨이 차오르면 마음의 상태를 신경 쓸 겨를이 없어진다. 몸을 괴롭게 만들면 마음의 괴로움은 금세 아무것도 아닌 것으로 만들 수 있었다. 그러니 달리기를 하는 동안만은 마음의 상태로부터 해방될 수 있다. 또한 정신은 내 의지와 상관없이 타인으로 인해 불행해졌지만, 달리는 동안 내 몸은 온전히 나의 의지대로만 움직인다. 튼튼한 두 다리를 힘차게 내딛으면 빠르게 달릴 수 있고, 때로는 속도를 줄여 몸을 가볍게 털어낼 수도 있다. 의도대로 움직여지는 팔다리의 근육을 느끼며, 몸이 변하는 만큼 마음의 주름도 조금씩 옅어지기를 바랐다. 나의 움직임이 만들어내는 리듬으로 인해 나는 과거로부터 계속해서 멀어지는 중이라고 상상했다.

이렇게 계속해서 기분 전환을 하고 그를 생각하는 시간을 의식적으로 줄여나간다. 그러다 슬픔이 훅 하고 밀려올 때면 슬픔에 침잠해 있다가, 이 슬픔이 지겨워질 때를 가만히 기다리면 언젠가는 내게 박혀 있는 그의 파편도 하나씩 떨어져 나갈 것이다. 그리고는 그는 내 인생에 한 번도 알지 못했던 사람처럼 남을 것이다.

고백

―――

        네 상처 주위를 맴돌다 스쳐 지나가
는 그저 그런 사람이 되고 싶진 않다던 너의 그 고백이 내
가 가진 가을의 전부였다.

질투

       사랑을 하면서 가장 힘든 점은 비이
성적이고 무절제한 내 밑바닥과 마주치는 일이었다. 사랑
하는 사람의 마음을 뺏는 무언가를 질투하는 게 아니라 사
랑하는 사람 그 자체를 질투하는 것도 가능하기 때문이다.
고백하자면, 내가 갖지 못한 것을 그 애가 가졌다고 느낄
때 나도 모르게 그 애를 질투했다. 가장 가까이서 서로의
모든 것을 공유하는 연인이 학창 시절 단짝처럼 느껴졌다.
단짝 친구에게 미묘한 경쟁심과 열등감을 느끼듯 그 애가

가진 것과 내가 가진 것들을 늘어놓고 비교하곤 했다. 내가 갖지 못한 안정된 직장에서 차근차근 커리어를 쌓고 있는 그 애를 보면 내 삶의 불안정함을 더 체감했다. 내게 가장 친한 친구는 그 애였기에 그 애가 가진 많은 인간관계를 질투했다. 그 애에게 주어지는 기회들로 인해 그 애가 내게서 멀어질까 봐 속으로는 불안했다.

나보다 가진 게 많은 그 애의 삶에서 내가 덜 중요한 부분이 될까 봐 두려워했던 것이다. 약한 마음을 감춘 채로 너에게는 나만이 필요하다고 주장했지만 실은 그것이 사실이 아닐까 봐 전전긍긍했다. 그리하여 연인을 향한 질투는 곧 스스로를 향한 미움이 되었다. 죄책감이 들었다. 질투하는 스스로가 못나게 느껴졌다. 어쩌면 상대방을 미워하는 것보다 스스로를 미워하는 것은 흔한 고통이었다. 남몰래 가지고 있던 이 불온한 감정은 오직 사랑하면서 감당해야 하는 자기혐오였다.

자기혐오

———

"내가 너를 힘들게 만들지?"

"아니 너는 너를 힘들게 만들어."

누구와 함께할 수 없는 종류의 인간도 있다.

다툼의 손익분기점

───

우리는 각자의 방식대로 서로를 사랑한다. 가끔 나의 방식이 너에게는 사랑으로 느껴지지 않고, 너의 방식이 나는 마음에 들지 않는다. 그럴 때 낯선 두 세계는 부딪친다. 부딪침은 날카로운 파열음을 내겠지만 부딪침을 통해서 우리는 서로가 어떤 행동을 싫어하는지, 어떤 행동에서 신뢰를 느끼는지 알 수 있다.

나에게 꼭 맞춘 모양을 가진 사람은 존재하지 않기에 우리는 열심히 부딪치고 서로의 사이즈를 재야 한다. 그 과정을 통해 절충안을 찾고 룰을 만들 수 있기 때문이다. 그렇게 두 사람 사이에 합의된 행동은 우리의 세계가 무탈하게 돌아갈 수 있게 해준다. 나의 행동 방식을 사랑으로 느끼지 않을 너를 위해 행동을 바꾸는 것은 여전히 서로를 신경 쓰고 있음을 보여주는 신호이다.

나는 매번 사랑의 과정 안에서 자주 다투는 사람이었지만 그건 내게 문제가 있어서 혹은 상대방에게 문제가 있어서가 아니었다. 그만큼 더 격렬히 상대방과 융화되고 싶었기 때문이다. 갈등이 생길지언정 그 과정을 통해 상대방에게 맞는 조각이 되고 싶었다. 마찬가지로 상대방도 나에게 맞는 조각이 되어주길 바랐다.

나 역시 다툼이 두려워 불만을 삭였던 때도 있었다. 하지만 불만을 표현하지 않았던 관계에서는 아쉽게도 서로를 맞춰볼 기회가 없었다. 서로 괜찮은 척만 하다가 뜨뜻미지

근하게 끝났기 때문이다. 참기보다는 내가 느끼는 불만을 표현했으면 어땠을까. 결국 다툼으로 이어진다 해도 그렇게 허무하게 끝나지는 않았을지도 모른다. 그러니까 두 세계가 융화되기 위해 우리는 더 솔직하게 불만을 표출하고, 더 적극적으로 대화하고, 두려워 말고 다퉈야 한다.

여름의 공허

———

태양의 열기가 한풀 꺾이고 미지근한 바람이 불어왔다. 머지않아 길었던 해는 짧아지고 우리의 마음도 다시 서늘해질 것이다. 기쁨이 무감이 되고 우리의 공허는 다시 무엇으로든 채워지겠지만 우리는 서로의 침울함을 영원히 알 수가 없겠지.

사랑의 속성

———

나는 좀 더 뻔뻔했어야 했다. 나에 대해서, 단점을, 지난 과오를 설명할 필요는 없었다. 어떤 관계에서나 누군가의 약점은 약점일 뿐이라 결국 언젠가는 비난과 편견으로 돌아오기 마련이다. 연인 관계에서도 예외는 아니었다. 내가 고백한 내 단점은 나에 대한 편견을 만드는 데 일조했다. '내 성격이 예민해서'라든가 '내가 이기적으로 굴어서' 친구가 떠나간 것 같다는 고백은 하지 않는 편이 나았다. 언젠가부터 내가 하는 행동은 대부분

부정적으로 해석되고 있었다.

하지만 내가 느낀 사랑의 속성은 고백이다. 사랑은 내 속에 있는 모든 것을 고백하지 않고서는 못 배기게 한다. 나의 일상은 물론이고 모든 종류의 감정, 그리고 내가 가진 부정적인 역사마저 고백하게 한다. 그로 인해 내가 비난받았고 결국 사랑에 실패하게 되었지만 앞으로 나는 나의 고백을 멈출 수 있을까. 나의 약점을 드러내지 않을 수 있을까. 나의 모든 것을 기꺼이 내던지는 것을 포기하고 적당히 좋은 면만 드러내며 사랑할 수 있을까.

미움도 바닥나고 있다

———

상대방을 미워하면서도 나는 미움받지 않기를 바라는 마음, 연락을 기다리면서도 나는 절대 하지 않겠다고 다짐하는 마음, 한 발짝만 다가와주기를 바라면서도 나는 절대 다가가지 않겠다는 오기가 뒤섞여 먼지 같은 나날을 보냈다. 헤어지겠다는 결심과는 별개로 왜 내게 찾아오지 않았는지, 왜 헤어지자고 하면 정말 헤어지는 것인지 그 무엇도 납득할 수 없는 것이 이별이었다. 이렇듯 정반대의 두 가지 마음은 매번 동시에 일었다.

이제는 알고 있다. 살다 보면 받아들이기 힘든 일이 가끔 일어나고, 그것을 소화할 시간이 필요하며, 시간만이 해결해준다는 것. 그리고 사실 받아들이는 것처럼 보여도 단지 적응할 뿐이라는 것. 상실감에 익숙해지고자 하는 노력, 공허를 공허 그대로 남겨두려는 용기 같은 것들로 이별에 적응해야만 한다는 것도.

혹시나 하는 기대가 사그라질 무렵이 되어서야 우리에게 관계를 지속할 의지가 없었음을 인정할 수 있었다. 우리는 함께 노력하는 대신 각자 아파하는 길을 택했다. 지난 시간 동안 우리가 한 것은 서로가 서로에게서 매일 조금씩 더 멀어지게 둔 것뿐이었다. 이 상황을 거스르는 어떠한 노력도 하지 않고, 이별에 쉽사리 편승하고 있었다.

매 순간 멀어져가는 나를 잡아주지 않는다는 원망, 하지만 내가 선뜻 다가가기에는 이미 복구할 수 없는 마음. 그러나 계속해서 미워하면 영영 헤어질 수 없을 것만 같다. 드

디어 이 미움도 바닥나고 있다. 너 없이도 한 계절이 지나 갔고, 환절기의 식은 바람이 불자 내게도 다음 시기가 오고 있다는 것을 직감했다.

가끔은 말없이 안아줄 걸 그랬다

———

너무 많은 언어는 결국 사랑에 방해가 될 뿐이다. 처음에는 서로의 언어에 감동하며 사랑을 키워나갔는데, 시간이 지날수록 우리는 언어로 상대방을 생채기 냈다.

상대방이 내 말을 받아들인다는 것을 느낀 이상, 내게 일어나는 변화를 계속해서 이야기하고 감정을 표출하는 것을 멈출 수가 없었다. 내 감정은 말을 통해서 상대방에게

전이되었다. 이제 감정은 내 몫이 아니라 상대방의 몫이 되고, 나는 종종 부정적인 감정을 너무 많이 전달했다. 그때의 나는 감정을 마음에 담아두는 것이 솔직하지 못한 일이라고 생각했다. 모든 것을 표출하고 공유하려 드는 것이 상대방의 입장에서는 알 필요 없는 광고성 문자나 마찬가지였을지도 모른다. 나에 대한 과한 정보를 무방비 상태로 접했을 때 피로감과 당혹감이 있었을 것이다. 결국 혼자서도 충분히 처리할 수 있는 감정을 표출하고 엄살을 부린 것이 관계를 악화시켰다. 그렇게 불필요하게 늘어가는 말 중에는 점점 서로를 향한 불만이 더 많아졌다.

대화를 잘하기 위해서는 감정에 전처리 작업이 필요하다. 상대방에게 화가 나더라도 날 것의 감정을 다듬고 유연하게 만들어야 한다. 상대방의 말을 속단하기보다는 이해하기 위한 틈을 미리 남겨두고, 애초에 그 사람의 선의를 믿어보는 것도 필요하다. 이 모든 것에 실패한 우리는 서로가 하는 말들이 점점 싫어졌다. 그의 말을 사랑하다가 결국엔 그 말이 싫어지는 것이 긴긴 연애의 끝이 될 줄 알았다면 가끔은 말없이 서로를 가만히 안아줄 걸 그랬다.

다신 없을 시간

———

우리 함께 걸었던 길이 거짓말 같다. 처음으로 우산 나눠 쓰고 붙어 걸었던 낯선 길과 가을의 한가운데, 아른거리던 저녁 불빛도. 얼굴 마주하고 밥을 먹었고 끊임없이 이야기를 해댔지. 내가 많이 웃었고 그대가 옅게 자주 미소 지었던 것, 내내 서로를 바라보던 눈길, 테이블을 사이에 둔 우리의 공기가 기분 좋을 만큼 따뜻했다는 느낌만이 남아 있을 뿐. 그대가 무슨 말을 했는지 기억해내고 싶은데 아무것도 기억이 나질 않아. 우리가 연결되어 있다는 착각, 다신 없을 식사, 그 기분, 허깨비처럼 먼지 속으로 사라지는 그대.

사랑이 지나간 자리에

─

　　　　　　내 생각과 느낌을 중요하게 여기는 사람이 있다는 사실은 세상을 조금 다르게 보게 했다. 다소 냉소적인 시선으로 세상을 바라보던 내가 그 애와 함께 있을 때면 자연스레 마음이 누그러졌다. 나를 있는 그대로 존중해주는 사람으로 인해 내가 사랑받을 만한 존재가 된 것처럼 느껴졌다. 애초에 내가 너무 괜찮은 사람이라 사랑받은 것이 아니라 그 반대이기에 사랑은 나의 시선을, 태도를 변하게 한다고 믿는다.

어떤 사랑의 경험은 평생토록 지워지지 않는 자국으로 남아 사랑이 지나간 후에도 계속해서 영향력을 발휘하고 남은 삶마저 바꾸기도 한다. 그가 내 마음 안에 만들어준 따스한 자리는 평생토록 남아 온기를 주고, 그 온기는 내가 가는 시선마다 내려앉을 것이다. 내가 받은 따스함만큼 그도 나를 떠올리면 지나간 계절의 미지근한 바람이라도 느낄 수 있기를, 사랑이 끝나고도 그 사랑으로 인해 조금은 더 괜찮은 사람이 되었다고 생각할 수 있기를.

2장.
결국 마음의 온기를
나눠주고야 마는 존재들

모든 것이 바랬다

———

계절은 매번 낯선 얼굴을 하고 돌아온다. 같이 걸을 줄 알았던 쌀쌀한 가을 길을 혼자 걸을 때의 바삭거리던 마음도, 밤새 전화기를 붙들고 얕게 잠들었다 깨기를 반복하던 불안한 겨울 새벽도, 한바탕 다투고 난 후 쿵쾅거리는 마음을 안고 밤거리를 나서던 눅진한 여름밤도 모두 지난 계절의 느낌으로만 남았다. 기억도 상처도 모두 바랬다. 상처는 그 자리에 흉터를 남겼지만, 다행히도 긴 시간에 걸쳐 흉터를 바라보는 내 표정만은 어딘가

———

조금 달라져 있다.

우리는 이미 최선을 다했다

———

너무 반짝였던 탓에 떠올리기만 해도 현재가 초라해져 그냥 마음속에 묻어버리고 마는 그런 시절이 있다. 그때의 나는 자주 환하게 웃었고, 쉽게 감동했다. 사람을 끈질기게 믿을 줄 알았고, 몇 번이고 고쳐 쓴 손편지를 보낼 줄도 알았다. 그렇게 빛나던 시기는 당시 알아채지 못할 정도로 빠르게 지나가다가, 시간이 흐른 후 뒤돌아야만 보이곤 한다.

생각해보면 모든 게 다 자연스럽게 흘러갔다. 사랑이 시작되던 순간처럼 우리가 헤어지는 과정 또한 그랬다. 극적인 사건 따위는 없었다. 배신이나 거짓말, 누군가의 큰 잘못이 아닌 사소한 일들 때문이었다. 심지어 헤어진 정확한 이유는 기억나지도 않는다. 그저 상대방을 포기하는 일은 상대방과 맞춰나가는 것보다 여러모로 쉽고 간단했기 때문이었을까. 우리는 흘러가는 대로 멀어지는 서로를 붙잡지 않았다. 언뜻 우리가 '어쩌다가' 헤어진 것 같다는 착각에 빠지기도 하지만 조금만 더 기억을 파고들면 그 시절 우리가 얼마나 치열하게 애썼는지 떠올릴 수 있다. 그러니 그때 조금만 더 노력했으면 어땠을까 하는 가정도 소용없다. 아마 그 시절의 우리는 분명 최선을 다했을 터였다. 다시 그 시절로 돌아간다 해도 그 이상의 힘을 쏟아낼 수는 없을 것이다.

원하든 원하지 않든 결국 시간은 흐르고, 생은 나아간다. 우리의 이야기는 끝났지만 각자의 삶은 끝나지 않고 계속

된다. 우리는 나름의 방식으로 과거를 소화시켰다. 그렇다면 지난 과오를 통해 앞으로 각자에게 더 잘 맞는 상대를 만날 수 있지 않을까. 아니면 스스로에 대해 무엇인가를 깨달았을 수도 있다. 그것도 아니라면 그냥 잊힌 사건으로 남았을지도 모른다. 이제 어느 쪽이 됐든 상관없다. 나는 그저 아름다웠던 계절을 잘 묻어두고 앞으로 나아갈 것이다. 그러니까 내게도 당신들에게도 반드시 반짝이는 순간이 다시 올 것이라고 확신한다.

달리기하듯 이별을 견디기

―――

아무것도 몰랐던 스무 살의 첫 이별을 떠올리면 낯간지러울 정도다. 가족들과의 저녁 식사 자리에서 느닷없이 목 놓아 울었으니 말 다 했다. 마침 방학이었던 것이 다행일 정도로 나는 일상을 놓아버렸다. 심지어 하고 있던 영어 학원 아르바이트도 그만뒀다. 계속 치밀어 오르는 감정을 조절할 수가 없어 아무 데서나 눈물을 터뜨리고 분위기를 이상하게 만들어버렸다. 나는 상대방의 집 앞에 찾아갈 정도로 이별에 열성적으로 매달렸다.

사실 나름의 정당한 이유도 있었다. 이별에 대한 면역이 전혀 없는 상태에서 겪은 첫 이별이 상대방의 잠수 이별이었기 때문이다. 그런 게 이별이라는 것을 알아차리기까지도 일주일이 넘는 시간이 걸렸다. 뭔지도 모르고 겪어낸 첫 이별로 그해 여름은 끔찍하게만 남았다.

이별과 달리기는 여러모로 비슷하다. 반복할수록 쉬워질 줄 알았는데 전혀 그렇지 않았다. 달리기도, 이별도 할 때마다 어렵고 아프다. 나는 달리기를 2년째 하고 있지만 신기할 정도로 매번 힘들다. 그렇지만 분명 익숙해지긴 한다. 고통이 예상 가능한 범위 안에 있기 때문이다. 반면 한 번도 가보지 않았던 거리에 도전할 때면 달리기가 두려워지는데, 어떤 고통을 겪게 될지 예상이 안 되기 때문이다. 내가 처음 5킬로미터를 쉬지 않고 달렸을 때도 그랬다. 한 걸음 한 걸음 옮길 때마다 내 몸에 무슨 일이 벌어질지 몰라 계속해서 멈출까 말까 망설였다. 하지만 5킬로미터 달리기에 적응한 후로는 구간마다 내 몸에 어떤 일이 벌어질지 잘 안다. 2킬로미터까지는 나름대로 편안하게 달릴 수 있지만 그 이후로는 몸이 확연히 무거워지고 속도도 떨어진다. 점점 종아리와 허리가 뻐근해지고, 가슴을 무언가가 짓누르는 것처럼 묵직하다. 여기서 그냥 멈추고 싶다는 고비가 계속 온다. 하지만 이 모든 과정을 충분히 알고 있기에 달리기에 동반되는 고통을 당연하게 받아들일 수 있다. 견디기만 하면 언젠가 레이스는 끝난다.

이별도 마찬가지다. 이별에 대한 면역력이 생기면 덜 아픈 게 아니라, 이별을 하면 내게 어떤 일이 벌어지는지를 잘 알게 된다. 상대방으로부터 완전히 분리될 때까지의 시간을 천천히 견디는 일임을 이해하게 되는 것이다. 당연히 분리에는 고통이 따른다. 숨쉬기도 힘들고, 무기력하고, 입맛이 떨어지는 등 신체 증상을 동반한다. 이별이 동반하는 신체적, 정신적 아픔은 무슨 짓을 해도 하루아침에 멀쩡해지지 않는다. 그렇기 때문에 달리기하듯 모든 구간을 묵묵히 통과해야만 한다.

여러 번의 레이스를 통해 나는 이별의 고통을 당연하게 받아들일 수 있는 몸을 가지게 되었다. 그러니 10년도 더 지난 그해 여름에 비하면 갑자기 하던 일을 그만두는 일도, 친구들에게 내 감정을 낱낱이 고백하는 일도 없다. 이 이별의 레이스가 언젠가는 끝난다는 것을 잘 알고 있기에 조금은 태연한 표정으로 아파할 수 있게 된 것이다.

홀로서기

———

하나였다가 둘이 되고, 둘이었다가 다시 하나가 될 때면 매번 처음 보는 세계로 건너가는 것처럼 생경하다. 두 세계를 반복해서 오가다보면 혼자서도 잘 서 있어야 한다는 사실을, 그래야만 살 수 있다는 것을 직감한다. 모순적이지만 나와 함께했던 사람들로 인해 마침내 혼자 서 있는 법을 알게 되었다.

1인분 삶의 안정감

———

누군가를 오해하기로 결정한 후 가
장 좋은 점은 내 감정이 오롯이 나의 것이 되었다는 점이
다. 지금의 나는 나로 인해 기쁘고, 나로 인해서만 절망할
수 있다.

나는 대체로 혼자서 뭐든 잘하는 독립적인 사람이지만 사
랑을 시작하기만 하면 내 몫의 생활을 둘로 쪼개느라 늘
한 발로 서 있는 것 같았다. 서로의 생활을 공유하는 과정

에서 적절한 범위와 개입 정도를 찾지 못해 늘 무리해서 감정을 사용했다. 연락 횟수나 사소한 행동에 신경을 곤두세웠고, 말 한마디에도 과하게 의미를 부여해 쉽게 서운해했다. 그리고 그런 상황과 사랑의 크기를 연관 지어 관계를 가늠하느라 늘 진을 뺐는데, 이 과정에서 느끼는 피로도는 상당했다. 한마디로 타인에 의해 감정이 쉽게 좌지우지되는 내 모습은 스스로도 감당하기 힘들었다.

1인분의 삶에는 특별히 가슴 설레는 일도, 연인 간의 사랑으로 마음이 가득 차는 순간도 없지만 내 몫의 삶을 단단히 받치고 서 있다는 안정감이 있다. 둘이 함께여서 느끼는 기쁨도 좋지만, 둘이 함께이기에 생기는 피로감이 없는 상태 또한 좋다. 무엇보다 타인이 갑작스럽게 내 감정에 개입하는 일이 없으니 나의 하루는 예측 가능한 범위 안에 있다.

연애하던 시절의 예측 불가능한 생활을 떠올리면 아직도

아찔하다. 토익 시험 전날 남자 친구와 싸우느라 다음날 엉망인 기분으로 시험을 치러 간 적도 있었고, 헤어지느니 마느니 하느라 업무에 집중하지 못한 날들은 헤아릴 수도 없다. 심지어 면접을 앞두고 헤어진 적도 있었다. 하지만 지금은 이런 유난스러운 일이 일어나지 않는다. 누군가 내 감정을 알아주길 바랄 일도 없으니 실망할 일도 없다. 어쩌다 위로가 필요한 날에도 괜히 연인에게 하소연했다가 원하는 반응이 돌아오지 않아 위로 한마디가 그렇게 어렵냐며 되레 화낼 일도 없다. 대신 내가 나를 위로해 주면 된다.

내 감정의 작동 방식은 누구보다 내가 제일 잘 알기에 능숙하게 스스로를 달랠 수 있다. 좋아하는 음악을 들으며 동네를 산책하면 마음이 차분해지고, 편의점에서 맥주와 과자를 잔뜩 사 오면 행복하다. 나를 괴롭히는 상념에서 벗어나고 싶은 날에는 코믹 영화를 보고, 무기력한 날에는 달리기로 땀을 낸다. 내가 나를 위로하는 몇 가지 방법을 알아두고 하나씩 꺼내 쓰는 이 과정은 누구도 필요하지 않다는 점에서 매우 효율적이다.

어쨌든 나는 지금의 나와 제법 잘 지내고 있다. 별일 없는 한 평온하게 보낼 수 있는 지금의 생활이 만족스럽다. 홀로 잘 존재할수록, 나를 살필 수 있는 시간이 길어질수록 다시 누군가와 함께하게 되더라도 내 생활의 균형을 잘 지킬 수 있을 것 같다는 희망도 품어본다. 언제 어디서 사랑이라는 우연이 나를 덮칠지는 모르겠지만 나는 지금의 안정감을 온전히 즐기며 지낼 것이다.

감당할 수 있을 만큼만

———

사랑에서 혐오로, 믿음에서 미움으로, 호기심에서 견딜 수 없음으로 또는 지긋지긋함으로. 한 사람을 사랑하는 일은 그 사람을 견디는 일과도 같다. 상대방의 여러 면을 선택적으로 받아들일 수는 없으므로 그 사람에게 딸려 오는 모든 것을 떠안아야 한다. 상대방의 섬세함이 좋지만 그 이면의 예민함은 싫다. 진중함이 좋지만 진중하다 못해 표현에 서투른 점은 거슬릴 것이다. 이성적인 면이 좋지만 모든 상황에서 정확함을 요구하는 태도는 점점 버거워질 것이다. 모든 성격은 양날의 검이라 어느 쪽에서 보느냐에 따라 쉽게 뒤집힐 수 있다.

시간이 지나며 우리는 서로의 단점까지 잘 알게 된다. 거슬리는 부분이 생기고, 때로는 어긋나기도 한다. 사랑스럽게 보이던 면도 익숙해지면 어느 순간 시큰둥해질 것이다. 나를 기쁘게 하는 너의 장점은 기본값이 되고 작은 단점이 돋보이는 순간이 올지도 모른다. 그 후에는 상대방에게 어떤 장점이 있느냐보다는 차라리 상대방의 단점을 견딜 수 있느냐가 더 중요해진다.

그 사람에게 딸려 오는 모든 것을 떠안아야 한다면 타협이란 불가능한 것일까. 사람마다 가치관이 다르므로 수용 가능한 타인의 행동 범위도 각자 다르다. 나의 경우에는 예민한 사람은 참을 수 있지만, 우유부단한 사람은 참기 힘들다. 상대방의 뜨거운 사랑과 함께 딸려 오는 어떤 면이 참을 수 없다면, 그것은 나와의 타협이 더 필요한 문제다.

간단하다. 선택하면 그만이고, 선택하기 위해서는 나를 아는 것이 중요하다.

사랑의 경험이 거듭될수록 자신을 잘 알게 된다. 이 경험은 다음에 내가 조금이라도 더 나은 선택을 할 수 있게 도와준다. 그렇기에 우리는 상대방을 알기 전에 스스로에 대해 더 많이 알길 원해야 한다. 어떤 사람이 나와 잘 맞는지 파악하는 것도 중요하지만, 내가 도저히 참을 수 없는 것은 무엇인지 파악하는 것도 중요하다. 한 번에 정답을 찾을 수 없다면, 오답을 하나씩 지워가는 것 또한 방법이다. 내가 무엇을 좋아하는지 모르겠다면 적어도 무엇을 싫어하는지 알아야 한다. 무엇을 원하는지 모르겠다면 차라리 무엇을 원하지 않는지는 알아야 한다.

흠이 없는 사람은 없다. 그렇기에 상대방의 좋은 점에 감사하며 사소한 단점 정도는 넘기는 태도도 필요하다. 하지만 그것은 내가 수용 가능한 단점일 때 가능한 것이다. 멋진 외모에 친절함까지 갖춘 사람이라 해도 말보다 행동이 앞선다면 신뢰할 수 없을 것 같다. 장점만큼 단점도 치명적인 사람보다, 차라리 나는 거슬리는 게 없는 사람을 선택하겠다.

자신의 불호에 대해 명확히 안다면 환상에 사로잡혔다가 나중에 크게 실망하는 일도 조금은 피해갈 수 있지 않을까. 영영 좋은 사람이란 있을 수 없다. 이 세상에 존재하지 않을 영영 좋은 사람을 찾아 헤매기보다는 나 스스로와 타협해서 내가 감당할 수 없는 것에 대한 기준을 세운다면 내게 좋은 사람을 만날 수 있는 확률은 더 높아질 것이다. 사랑은 생활이며 일상이다. 우리는 우리가 감당할 수 있을 만큼만 선택해서 내 인생에 들여놓으면 된다.

기억이 희미해져도 남은 것들

한창 취향이 형성되던 20대 초중반 무렵, 사람을 만날 때 내 마음을 가장 끌어당겼던 것은 외모도, 성격도, 학벌도 아닌 그 사람의 취향이었다. 당시 내게는 취향이라 할 만한 것들이 딱히 없었고, 세상에는 내가 경험해보지 않은 것이 대부분이라 모든 것을 날 것의 감각으로 생생하게 느끼던 때였다. 어딘가 특이하거나 소위 있어 보이는 취향을 가진 사람을 보면 나도 모르게 관심이 갔다. 반대로 별다른 취향이 없고 밋밋해 보이는 사람은 왠지 시시했는데, 지금 생각해보면 그것은 내 안에 숨은 허영심의 발로였다. 아마도 나는 스스로를 밋밋한 사람이라 생각해서 갖고 싶은 취향을 찾아다녔는지도 모르겠다.

내 마음은 이런 식으로 작동했다. 그다지 관심도 없던 친구가 내게 어느 인디 밴드의 음악을 알려준 후부터 그 애가 달리 보이기 시작했고, 결정적으로 그 애가 언니네 이발관 1집 CD를 내밀었을 때는 그 애를 좋아해도 되겠다는 이상한 확신이 들었다. 내게 관심을 표현한 선배가 필름 카메라를 들고 다니며 사진을 찍는다는 걸 알게 된 후로는 괜히 그의 미니홈피를 들락거리기도 했다. 대학가 앞이 세상의 전부였던 내게 남미 여행기를 들려주던 친구에게는 복합적인 감정을 가졌는데, 질투 섞인 부러움은 곧 관심으로 이어졌다. 나는 모르고 그 애만 아는 세계가 있다는 것이 그 애를 더 알고 싶게 만들었다.

취향으로 사람을 판단하는 것이 얼마나 편협한 일인지 깨닫기 전까지도 20대 내내 마음은 계속 그런 식으로 작동했다. 변덕스럽고 연약한 20대의 마음을 지배하는 관심사는 철마다 바뀌었고, 관심사에 따라 끌리는 사람 또한 자연스레 바뀌었다. 한창 기타를 배우던 시기에는 음악을 하는 친구가, 수영이나 자전거처럼 활동적인 운동에 빠졌을 때는 스케이트보드를 타는 친구가 멋있어 보였다. 영화를 공부하는 친구가 마틴 스코세이지 같은 거장의 이야기를 늘어놓을 때면 잠자코 듣고 있다가 집에 와서 찾아보곤 했다. 그런 이야기들이 내 마음속에 가라앉았다는 것은 오랜 시간이 지나고 나서야 알게 되었다.

그러니까 나는 타인의 취향을 통해 세상을 더 알아가고 싶었던 것 같다. 그도 그럴 것이 스무 살에 들었던 남미 여행기가 나를 홀로 유럽으로 떠나게 했고, 독립출판물 만들기 워크숍을 듣던 친구를 따라 독립출판물을 만들기 시작했다. 보사노바를 좋아하던 친구 옆에서 내 음악 취향은 한

뼘쯤 넓어졌다. 그러나 나는 더 이상 보사노바를 딱히 찾아 듣지 않으며, 기타를 놓은 지도 오래되었고, 스케이트보드에도 더 이상 관심이 없다. 몇 번의 해외여행 경험으로 선호하는 여행지 또한 확고해져 내 평생 남미에 가볼일이 있을까 싶다.

지금 돌아보면 내 취향이 아니기도 하고, 어떻게 보면 조금 시시하기도 한 것들을 생생하게 흡수하며 자랐다. 당시 내가 좋아한다고 믿었던 모든 것은 그저 새롭고, 잘 몰라서였을 확률이 높다. 이후 문화적 경험이 쌓이자 타인의 영향권을 벗어나 내 취향을 스스로 선택할 수 있게 되었는데, 그때 과거에 탈락한 취향의 조각들이 새로운 취향을 만드는 데 길잡이가 되었을 것이다. 그러니 지금의 나를 이루고 있는 것은, 당시 나에게 생생한 세계였던 타인의 취향을 택하고 버리는 과정에서 남은 조각 모음이다.

과거 그들의 취향은 더 이상 듣지 않는 철 지난 유행가처럼 나의 취향 차트에서 밀려났지만, 여전히 중독성 강한 후렴구로 남아 있다. 우연히 카페에서 흘러나오는 음악에서, 텔레비전 채널을 돌리다가 마주친 영화에서도 쉽게 과거의 그들을 발견한다. 그들과의 추억은 바랬지만 절대 잊히지 않고 남은 것이 그들의 취향이다. 그들도, 그들의 취향도 한때 내가 분별없이 애정을 보냈던 것들이다. 한때 좋아했지만 더 이상 좋아하지 않는 것. 그러나 불현듯 마주치는 것. 지금의 내가 되는 데 어떤 식으로든 관여했다고 인정할 수밖에 없는 것.

더 이상 취향으로 사람을 판단하지 않지만, 여전히 취향은 내게 중요한 문제다. 내가 그들을 가끔 떠올린다면 그건 분명 그들이 남기고 간 취향을 통해서다.

나와 화해할 시간

20대 초반에는 여느 또래들처럼 유독 사랑과 우정에 민감했고, 그 연령대에 타격을 줄 만한 이런저런 사건으로 나는 한껏 움츠러들어 있었다. 내 마음을 잘 알지도 못했고 어떻게 행동해야 할지도 몰랐다. 그 무렵 지치지 않고 내 안부를 물어봐주던 그 애에게 관심은 있었지만 제대로 표현할 줄 몰라 아닌 척하거나 오히려 더 모진 말을 하곤 했다. 돌이켜 보면 인기도 많고 반듯한 그 애가 나를 깊이 알면 싫어하게 될 거라는 생각에 지레 겁

먹고 날을 세웠다. 나는 그런 식으로 내게 닿으려 애쓰던 진심을 종종 놓쳐버렸다. 잘못된 방식으로 사람들의 인내를 시험하고 방어했다. 이렇듯 내가 누군가에게 준 상처는 세월 속에서 가만히 기회를 엿보다가 기어이 다시 나를 찾아와 할퀴었다.

닫힌 마음에 가려져 보지 못했던 것들이 한 해 한 해 지날수록 불쑥 보이곤 한다. 그렇지만 사람마다 성장 속도가 제각각이고, 나의 성장 속도는 유난히 느린 탓에 지금에서야 보이는 것들이 그때 보였을 리 없다. 그때로 다시 돌아간다 해도 나는 분명 내게 다가왔던 좋은 사람들을 놓쳐버렸을 것이다. 이렇게나 긴 세월이 흐른 뒤 우연히 누군가 내게 내밀었던 손을, 나의 과오를 발견할 정도로 우리의 시차는 크다.

오랜 시간이 흐른 후에야 내게 도착한 마음을 다시 들여다본다. 그리고는 그때 보내지 못하고 내게 남아 있었던 마음에 안부를 써서 다시 고이 접어 넣는다. 이제 긴 세월을 비집고 불쑥 내민 손과 악수한다. 이제 그 시절 스스로를 사랑하지 못했던 나와도 화해할 시간이다.

시간의 흔적

바닷물에 씻어도 씻어도 계속 달라붙는 모래알처럼, 어떤 기억은 끈질기게도 달라붙어 떨어지지 않는다. 그러나 시간이 지나고 모래가 마르면 자연스레 모래알은 쉽게 떨어져 나간다. 언제 그랬냐는 듯 탈탈 털어내기만 하면 모든 것이 깔끔해진다. 모래가 마르는 줄 모르고 시간 속을 열심히 걸어 다녔다. 깨끗해진 발 위로 모래에 쓸린 자국이 드러나고, 짙어진 피부가 어색하기만 하지만 이 모든 것은 여름처럼 눈부셨던 시간이 내게 남긴 흔적 같아 나쁘지 않다.

나쁜 연애에서 얻은 것

⎯

상대방과 함께하는 내 모습이 마음에 드는지 아닌지가 좋은 연애와 나쁜 연애를 구분 짓는 기준이 된 지금, 돌이켜 보면 20대 초반 내게 큰 자국을 남긴 그와의 연애는 분명 나쁜 연애였다. 나는 그 관계에 속해 있는 내내 불안정했다. 나는 그가 생각하는 것보다 더 나은 사람이라는 것을 증명해야 할 것만 같았다. 그래서 그가 좋아하는 외모 스타일에 지나치게 신경 썼다. 그는 종종 내 성격과 가치관을 지적했고, 나는 그럴 필요가 없음에도 자꾸 스스로를 의심했다. 내 생각을 이야기할 때면 내게 기가 세다고 말하는 그에게 반발심이 들면서도 최대한 유하게 말하기 위해 노력했다. 점점 자존감을 잃어갔다.

그러나 착했던 사람보다 나빠서 나를 너덜너덜하게 만든 사람이 내 연애사를 더 오래 지배했기에 더욱 헷갈렸다. 그게 나쁘기만 한 연애였는지 아니면 좋은 연애이기도 했는지. 이 연애를 나쁘기만 한 연애였다고 오랫동안 결론 내리지 못했던 까닭은, 자존감과는 별개로 순수하게 좋아하는 마음으로 연애에 몰입했던 귀한 경험이었기 때문이다. 지나고 보니 인생에서 그렇게 모든 에너지를 쏟아부어 연애했던 때는 그때밖에 없었다. 대학생의 젊음과 한가함으로 연애에 목매도, 사리분별을 못 해도 누구 하나 뭐라 하는 사람이 없었다. 그러나 이제 와서 깨달은 것은 당시 나의 순수함과 열정 때문에 오랫동안 그 관계를 미화하고 있었다는 것이다. 스스로를 돌보지 않을 정도로 그 애를 좋아했다고 생각한 것은 내 오랜 착각이었다.

지금에서야 나는 그것이 나쁘기도 하고 좋기도 했던 관계가 아니라 그냥 나빴던 관계였다는 것을 인정한다. 자꾸만 나에게서 문제점을 찾게 되고, 상대방에게 인정받기 위해 내 모습을 지우는 관계는 명백하게 나쁜 관계였다. 연인이라는 이름하에 존중 없이 행해지는 나쁜 말로 내 자존감이 다치는 상황을 스스로가 방관해서는 안 되었다. 나를 통제하려는 행동을 애정과 구분했어야 했다.

만약 그 시절로 돌아갈 수만 있다면 그런 관계는 유지할 필요 없다고 알려주고 싶지만, 그 시절의 내가 이 말의 의미를 이해할 수나 있을까. 상처를 통해 상처를 배운다는 것이 잔인한 일이지만 나쁜 관계가 어떤 것인지 깨달은 것은 분명 나쁜 연애를 통해서였다. 스물의 나는 존중 없는 관계 속에서 힘들어했지만, 서른이 넘은 나는 하루 빨리 나쁜 관계에서 빠져나올 수 있는 판단력과 용기쯤은 분명히 생겼다.

여름의 용기

―――

　　　　지난했던 세월 동안 온몸으로 배운 것은 오직 사람들과 멀어지는 법이었다. 연인뿐만 아니라 친구와의 관계에서도 마찬가지였다. 가까웠던 사람들과의 이별은 내게 마음을 거두는 것에 익숙해져야 한다고 채근했다. 기대하지 않고, 마음을 잘 붙들어 매는 법을 오랜 기간에 걸쳐 연습했다. 덕분에 이제는 안전하고 깔끔한 일상을 일군듯해 보인다. 타인에게 쉽게 서운해하지 않고, 서운하다 해도 대수롭지 않게 여길 수 있다. 마음이 단단해졌고 동시에 무뎌졌다.

하지만 타인을 있는 힘껏 사랑해온 결과가 이렇게 온기 없는 삶이라고 생각하면 조금은 서글퍼진다. 온기가 있는 것들 중 사람을 제외하고 가장 사랑하는 건 나의 반려동물, 두 번째는 노트북(으로 보는 영화 스트리밍 서비스)이지만 그래도 가끔 사람만 줄 수 있는 것들이 아쉬워질 때가 있다. 마음을 데워주는 인사말, 동시에 터뜨리는 웃음, 음식을 나눠 먹고 눈 마주치며 함께 고개를 끄덕이는 일, 생각지도 못한 선물로 마음을 전하는 일 같은 것. 이런 일이 아주 가끔만 일어나는 삶도 나쁘지 않다. 하지만 여름이 저물어가는 저녁에 누군가가 나를 생각해줬으면 하는 바람도, 내 삶에 무언가 빠졌다는 생각이 아주 가끔 드는 것도 인간의 마음으로는 어쩔 도리가 없다.

한동안 누구에게도 딱히 다가가지 않았고, 여전히 내게 남아 있는 소수의 사람만을 가끔 만났다. 그래놓고는 불특정 다수에게 서운한 마음으로 또다시 사람을, 사랑을 생각한다. 문득 지난 10여 년간 사람들과 멀어지는 법은 배웠으나 가까워지는 법은 배운 적 없다는 것을 떠올렸다. 고백하자면, 배움의 필요조차 느낀 적 없이 날 것의 감정 그대로 타인에게 다가갔던 내 방식이 그다지 좋은 방법은 아니었을 수 있다. 관계에 그토록 실패했던 이유가 타인에게 다가가는 방법을, 제대로 가까워지는 방법을 잘 몰랐기 때문은 아니었을까.

지난 세월 동안 내가 누군가와 함께하는 데 재능이 없었다는 것을 깨닫기 위해 고군분투했다. 하지만 재능 없이도 한 번쯤은 잘해보고 싶은 것도 있다. 다시 초심으로 돌아가서 이제는 사람들과 제대로 가까워질 수 있는 법을 배워볼까 하는 용기가 불쑥 내미는 여름이다. 여름이 저무는 서글픔 속에서 건져낸 것은 뜻하지 않았던 용기다. 여름은 용기의 계절이다.

우리는 서로의 언어를 모르기 때문에

―

　　　　　　그 작은 생명체를 우리 집 거실에 처음 내려놓았을 때 바닥에 코를 대고 킁킁거리며 경계하던 움직임이 여전히 생생하다. 그때는 솜뭉치가 굴러다니는 줄 알았는데 어느덧 견생 6년 차가 되어 보통의 치와와보다는 과체중이고 우리 집의 최고 권력자로 군림하고 있다. 이제 우리 가족의 삶은 모두 요다를 중심으로 돌아가고, 외출 시간이 길어지면 어둠 속에서 웅크리고 있을 요다가 떠올라 마음이 불안하다.

그런데 요다 성격은 처음부터 좀 특이했다. 가장 좋아하는 건 집이고 밖에 나가는 걸 싫어한다. 목줄을 들고 나갈 준비를 하면 귀신같이 알고 식탁 밑에 숨는다. 산책하러 나가서도 벌벌 떨거나 꼬리를 축 내리고는 꼬리로 온 동네를 쓸고 다닌다. 집에서도 자기만의 영역을 지키고 있을 뿐 사람에게 잘 붙어 있지도 않는다. 보통 개들과는 다르게 별다른 표현도 없고 주인에게도 무심한 요다의 행동에 우리 가족은 당황스러웠다. 가끔 밖에서 사람을 반기고 쓰다듬어 달라고 배까지 뒤집는 개들을 보면 요다는 도대체 왜 그럴까 싶었다. 무릇 개들이란 그래야 하는 거니까.

요다는 두 번째 생리를 끝냈을 때쯤 중성화 수술을 받았다. 수술을 마치고 나온 요다는 그 어느 때보다 힘이 없었다. 몸은 축 늘어져 있었고 눈도 힘겹게 떴다. 마취가 풀리면서 통증이 느껴지는지 꼼짝도 하지 않고 웅크리고 있었다. 쓰다듬기 위해 손을 뻗었지만 내 손이 조금만 닿아도 요다는 움찔움찔했다. 나는 요다로부터 조금 떨어진 거리에서 걱정스럽게 지켜볼 수밖에 없었다. 어리석게도 그때 처음 알았다. 내가 쓰다듬고 안는 것이 요다에게는 성가신 일이 될 수 있다는 것을. 내가 요다를 사랑하는 방식이 오히려 요다에게는 불쾌감을 줄 수 있다는 것을. 그때부터는 요다를 있는 그대로 이해하려 애썼다.

전에는 생각해보지 못한 요다만의 표현 방법이 보이기 시작했다. 내가 아파서 온종일 누워 있을 때면 요다는 내 발쯤에 자리를 잡고는 나를 한시도 떠나지 않았다. 하지만 멀찍이 떨어져 지켜만 볼 뿐 가까이 다가오지는 않는다. 그것이 요다가 가장 편안함을 느끼는 적정 거리이기 때문이다. 내 방문이 닫혀 있으면 요다는 문 앞에 엎드려 문이 열릴 때까지 하염없이 기다린다. 어떤 소리도 내지 않고 그저 기다리는 것이 요다의 최선의 표현이었다. 억지로 매일 산책시키는 일도 그만뒀다. 대신 가끔 아파트 단지를 한 바퀴 돈다. 그마저도 요다가 세 걸음에 한 번은 멈추고 주변을 살피는 바람에 아주 느릿느릿 걷지만, 이것이 요다의 속도라는 것을 이제는 안다.

내가 알아채지 못하는 동안에도 요다는 늘 열심히 표현했고, 짧은 다리로 최선을 다해 걸어왔다. 그런 요다를 향해 왜 너는 활발하지도 않고 다른 개들처럼 애교도 부리지 않느냐고 다그친 셈이다. 인간으로 치면 내향적인 사람에게 억지로 사람들과 어울리라고 강요하거나, 집 안에서 행복한 집순이에게 그건 틀렸다고 한 것이나 다름없다. 요다를 사랑한다 해놓고는 요다가 원한 적도 없는 것들을 주면서 사랑을 주고 있다고 착각했다.

요다를 제대로 사랑하기 위해서는 요다가 원하는 게 무엇인지 잘 알아차려야 한다. 우리는 서로의 언어를 모르기에 그저 노력할 수밖에 없다. 요다의 걸음걸이가 어떤 기분을 나타내는지, 구석에 웅크리고 있을 때는 방해하지 말란 뜻인지, 늘 환장하던 간식에도 관심 없을 때는 어디가 아픈 건지 계속해서 가늠하고 유추해야 한다.

사랑은 계속 상대방을 관찰하고 유추하는 것이다. 내가 요다의 마음을 알아차리기 위해 주의를 기울이는 동안 요다는 늘 그래왔듯 나름의 방식으로, 조용히, 온몸으로 내게 말을 걸어오고 있을 것이다.

이해하지 않으려는 노력

———

그녀와 나는 거의 모든 부분에서 세밀하게 다른 사람들이다. 나는 직설적으로 말하는 것이 효율적이라고 생각하는 사람이지만, 그녀는 에둘러 말하는 것이 예의라고 생각하는 사람이다. 나는 대체로 거절을 잘하는 편이지만, 그녀는 남에게 안 좋은 소리를 해본 적이 없다. 나는 옳다고 여기는 일에 끌리고, 그녀는 조화를 더 중시한다. 나는 진실을 알기 위해 어떤 대가도 지불할 수 있다고 생각하지만, 그녀는 진실이 때로는 상처가 될 수도 있다는 것을 아는 사람이다. 나는 직선의 실루엣을, 그녀는 곡선의 실루엣이 있는 옷을 좋아한다. 나는 운동을 즐기지만, 그녀는 그렇지 않아서 우리가 함께할 수 있는 취미 활동도 없다.

물론 잘 맞는 부분도 있다. 이유를 설명하기는 어렵지만 나는 그녀와 대화하는 것이 편안하고 재미있다. 우리는 대체로 같은 지점에서 웃는다. 하지만 여전히 서로 여행하는 법이 달라 계획에 차질이 생기기도 하고, 시간관념이 달라 잔소리를 하고, 한 사람에 대한 견해가 다르다. 이렇게 공통점보다 차이점을 더 확실히 느끼면서도 우리는 어떻게 가깝게 지낼 수 있는 것일까. 곰곰이 생각해보면 정반대의 지점에 서서도 우리는 서로를 도무지 이해할 수 없다고 말해본 적이 없었다. 우리가 서로를 이미 이해하고 있어서 혹은 무관심하기 때문이 아니다. 애초에 우리는 너무 달라 서로를 이해하는 것이 가능하리라 생각하지 않았기 때문이다.

우리가 먼 거리를 사이에 두고도 잘 지낼 수 있는 것은 오히려 서로를 이해하지 않으려는 노력 때문이었다. 이해하지 않으려는 노력은 단절이나 무시가 아니라, 서로를 있는 그대로 보려는 또 다른 노력이다. 내 이해력이 상대방에게 미처 가닿지 못할 수도 있다고, 상대방을 완전히 이해하기란 몹시 어려운 일이라는 것을 인정하는 일이다. 그렇기에 우리는 서로를 있는 그대로 받아들일 수 있다.

우리는 사랑하는 이들을 너무 이해하고 싶어 습관적으로 노력하지만, 그런 시도를 통해 더 좌절하기도 한다. 서로의 사이에 존재하는 아주 작은 틈을 메우려 하다가 되레 깊은 골짜기를 만들 수도 있다. 때로는 조금 멀찍이 떨어져 우리는 이만큼 다르구나 하며 서로를 그냥 바라보는 편이 나을 때도 있다. 너를 충분히 이해한다는 말보다는, 너를 감히 이해하지 못한다는 말이 더 진실에 가깝기 때문이다.

외로움 대신 두려움을 공유한다

———

체감상 서른이 넘으면서부터 나를 둘러싼 모든 것이 급격하게 변하는 것을 느낀다. 또래 친구들은 예전보다 함께 노는 데 시들해졌고 더 이상 서로에게 모든 것을 말할 필요성을 못 느낀다. 자연히 시시콜콜한 교류는 사라졌고 아주 가끔 만나는 날에도 열 시만 넘으면 하품을 하다 서로 눈을 마주치고는 웃어버린다. 친구 중 반 이상은 결혼해서 이미 아이의 엄마가 되었고, 나머지 반은 결혼을 전제로 연애를 하고 있거나 결혼 상대를 찾는 중이다. 그들을 제외한 나머지 소수에 속하는 것이 나 같은 사람인데, 결혼이 나를 행복하게 만들어줄 것이라는 확신이 없고, 누군가를 만나기 위해 딱히 노력하지도 않는다.

우리는 남는 시간의 대부분을 취미에 쏟아붓는다. 피아노 학원에 다니고 주짓수나 발레를 한다. 타인과 어울리는 대신 자신에게 쏟는 에너지의 실용성을 믿는다. 이제 우리는 혼자의 달인이 되었다. 휴가철이 돌아오면 당연하게 1인용 티켓을 끊는다. 금요일 밤이면 모이곤 했던 친구들을 불러낼까 하다가도 혼자 집에서 맥주를 마시는 간편함을 택한다. 혼자라도 외롭지 않아서, 혼자가 너무 좋기 때문이 아니라 외로움을 컨트롤할 줄 아는 것이다. 사실 외로운 것은 더 이상 문제가 되지 않는다. 누군가와 함께여도 일정 부분 외로움을 안고 지내야 한다는 것을 이미 지난한 세월을 통해 겪어왔다. 우리는 이런 것을 초연히 받아들이는 중이다.

하지만 이대로 영영 혼자만의 섬에 고립되는 것은 아닌지 가끔 두려워진다. 이제 나의 동선과 생활은 일정한 패턴에서 벗어나지 않고, 새로운 사람을 만날 경로와 에너지 모두 줄었다. 커리어와 연애의 측면에서 여러모로 가능성은 하나씩 닫히고 있고, 특별하다 믿었던 내 인생이 그저 그렇게 흘러가고 있는 것을 지켜보고 있으면 두려움이 엄습한다. 나중에 혼자 늙고 병들 때를 대비해야 한다는, 생존의 측면에서 발생하는 본능적인 두려움이다.

이럴수록 가끔 만나 함께 시간을 보낼 친구는 더 간절해진다. 그러니까 모든 것을 나눌 연인은 없어도 괜찮지만, 사소한 즐거움을 나누고 삶의 주기에 따라 바뀌는 고민을 공유할 친구는 있어야 한다. 어느덧 우리의 대화 주제는 노화와 질병이 대부분을 차지한다. 서로의 몸에 어떤 변화가 일어나고 있는지, 그로 인한 심경이 어떤지 공유한다. 욕실 거울에서 하나씩 발견하는 새치나 역류성 식도염 같은 만성 질환에 대해 토로하고 좋은 영양제를 추천한다. 우리는 이런 이야기를 나누며 세월이라는 적에 함께 대항하는 아군이 된 것 같은 동지애를 느낀다.

외로워서, 혼자이고 싶지 않아 서로와 연결되고 싶어 하던 시기는 지났다. 외로움은 더 이상 우리를 모이게 하는 원동력이 되지 못한다. 이제 우리는 외로움 대신 두려움을 공유한다. 비슷한 두려움을 안고 있는 친구들과의 연대는 홀로 잘 존재할 수 있는 용기를 준다. 자주 만나지는 못해도 어디선가 나와 비슷한 개체가 태연히 홀로 잘 지내고 있다는 사실은 내게 응원이 된다. 우리가 삶의 같은 단계를 함께 지나고 있다는 것. 이것은 영화도, 책도 내게 주지 못하는 강력한 정서적 안정감이다.

잠정적 연애 중단 상태

———

상대방에게서 쉽게 매력을 느끼는 것도 20대에만 가질 수 있는 능력이었던 걸까. 어쩌다 만나서 서로 호감을 느끼고 알아가던 게 그땐 기적 같은 일도 아니었는데 지금은 거의 불가능에 가까운 일이 되어버렸다. 실로 30대의 연애는 시작조차 힘들다. 안정된 직장을 갖고 난 후부터는 줄기차게 선을 보러 다니던 친구 B도 요즘은 지쳤는지 도통 새로운 소식이 없고, 전문직에 종사하고 있는 친구 K도 비슷한 직군 내에서 종종 소개를 받곤 하지만 싱거운 만남만 두어 번 이어나가다 흐지부지 끝나는 경우가 대부분이라 한다. 이 끝에는 어떤 아쉬움도 미련도 없이 서로 인연이 아닌 것 같은데 시간 낭비 말고 다른 상대를 찾아보자는, 효율성 차원의 배려가 깃들어 있다. K의 말로는 이제는 마음이 가도 마음 가는 대로 행동하기 어렵단다. 쓸데없이 생각이 많아져 가볍게 시작해보자는 생각 자체가 안 든다고.

30대 초반 미혼 친구들을 보면 마음 상태가 대체로 비슷하다. 우리 중에 사랑에 크게 안 울어본 사람 없고 몹쓸 일로 마음고생도 많이 했다. 양다리나 환승 이별은 기본이고 데이트 폭력 또한 드라마나 뉴스에서만 보던 일이 아니었다. 허다하게 널린 게 나쁜 사랑의 경험이었으니 이제 우리는 사람 못 믿는 병에 걸린 것 같다는 말을 우스갯소리로 한다. 상처는 우리를 성장시키기도 하지만 마음을 빨리 늙게 만든다. 이제 마음은 쉽게 열리지 않고, 만나자마자 이별을 상상하도록 뇌가 먼저 반응한다. 이 사람과는 구체적으로 어떤 부분이 안 맞아서 헤어지게 될까.

지난 연애가 끝났을 때 이불을 둘러쓰고 울면서 생각한 것은 더 이상 이 짓은 하고 싶지 않다는 것이었다. 한 번의 연애가 끝날 때마다 세월이 훌쩍 지나갔다. 1년 치 이상의 사진을 지울 때면 체감상 실제로 흘러간 시간 이상의 세월이 뚝 잘려 나가는 기분이었다. 분명 열심히 연애했는데 그 끝에 남은 공허는 또다시 시간 낭비를 하고 싶지 않다는 마음으로 이어졌다. 차라리 안 만나면 속 편하지, 또다시 이 과정을 반복할 자신이 없다. 더 나이 들어서 헤어지고 울고불고 난리 치면 얼마나 기력이 달릴까. 육아로 바쁜 친구에게 이별했으니 술 마시자고 불러낼 수도 없을 것이다. 아무래도 20대의 이별과 30대 이후의 이별은 다른 종류의 타격을 주는 것이 분명하다.

예전에는 이별 후 은근한 자신감도 있었다. 자유롭게 이 사람 저 사람 만날 수 있다는 기대나 더 좋은 사람을 만날 수 있다는 희망 같은 것. 이별은 곧 새로운 만남의 가능성을 의미했다. 그러나 십년지기 친구들과도 멀어지는 마당에 노력 없이는 새로운 사람을 만날 수 없고, 새로운 사람을 찾겠다며 이 모임 저 모임 드나드는 일은 생각만으로도 피곤하다. 게다가 나름대로 모은 연애 빅데이터 덕분에 어떻게 행동해야 좋을지는 알게 되었지만, 종종 나쁜 경험의 데이터가 내 발목을 잡곤 해서 사람을 거르는 필터링 항목이 자꾸만 늘어난다.

연애 시장에서 동떨어져 지내다 보니 그동안 간과했던 것들이 보인다. 연애할 때의 나는 분명 행복했지만, 행복한 만큼 대가를 지불해야 했다. 연인이 된다는 것은 자질구레한 타협의 연속선상에 있는 것이다. 그만큼 에너지와 노력이 많이 필요한 분야다. 관계를 유지하기 위해서는 이해든 인내든 뭐가 됐든 매번 노력해야 하고, 상대방에게 성실히 시간을 써야 한다. 공들였다고 해서 그 관계가 영원히 지속될 것이라는 보장도 없다.

예측 불가능한 타인과 함께하는 일은 상대방이 나를 더 이상 사랑하지 않게 되는 변수까지 떠안는 것이다. 그러니 타인과 함께하는 것이야말로 일종의 용기가 필요한 일 아닌가. 타협하기 위해 타인의 세계에 나를 내던지고, 서로의 유기적 변화를 감당하는 것은 용기로 가능한 일이다. 그 흔한 사랑은 사실 흔한 게 아니었다. 사랑과 용기로 관계를 유지하는 일이 얼마나 희소한 경험인지 해가 바뀔수록 더 체감하는 중이다.

그러니 현재 내가 잠정적 연애 중단 상태인 것이 이상할 일도, 불길한 징조도 아니다. 사람의 매력을 쉽게 발견하는 능력을 잃은 대신, 사랑의 어려움만은 잘 알게 된 것뿐이다. 만약 누군가를 사랑하게 된다면 그 무게만큼 힘껏 용기를 내야 한다는 사실도. 그게 아니라면 지금처럼 지내면 된다는 낙관적인 전망으로.

잘 다투는 법

내 연애사 대부분은 싸움의 추억이다. 추억이라 말할 수 있는 것은 그렇게 치열하게 싸웠던 것이 지금 와서 보면 웃기기도 하고, 정말로 싸웠던 기억은 다른 어떤 기억보다도 강렬한 추억으로 남았기 때문이다. 크리스마스 같이 특별한 날에는 괜히 예민한 기류가 흘러 별것도 아닌 일로 싸우게 되고, 친구들 여럿이 만나는 자리에서는 둘 중 하나가 꼭 말실수를 해서 싸우는 일이 생겼다. 답장이 늦었다며 싸우고, 약속을 안 지켜서 싸우고, 남 이야기를 하다 싸우고, 길 한복판에서도 싸웠다. 생각 차이는 물론이고 사소한 (문자) 말투까지 널리고 널린 게 싸움의 소재였다. 그렇게 나와 치열하게 싸웠던 사람들은 가장 좋아하는 사람이기도 했지만 가장 미운 사람이기도 했다.

복합적인 감정으로 얽힌 관계는 생의 영원한 난관이다. 가족만 해도 그렇다. 가족을 떠올렸을 때 나는 도저히 명쾌한 감정을 가질 수가 없다. 어떤 날에는 세상에 진짜 내 편은 가족뿐이라는 생각에 한없이 애틋해진다. 누가 뭐래도 내가 잘되길 진심으로 바라고 응원해주는 사람들이기 때문이다. 하지만 또 어떤 날에는 가족도 그저 타인일 뿐이다. 준 만큼 못 받거나 서운한 감정이 쌓이면 가족도 아무 소용없게 느껴진다. 절대 이해할 수 없는 서로의 말과 생활 방식에 싸우고 상처 줬던 날이 수도 없이 지나갔다. 하지만 이상한 것은 우리는 결국 이 모든 걸 덮고 또다시 함께 가고 있다는 것이다. 이렇게 명쾌하지 못한 관계 앞에서 나는 여전히 서툴다. 그러니 사랑과 갈등은 떼려야 뗄 수 없다는 나름의 결론밖에 얻을 수 없다.

사랑하는 사람들과 좋은 감정만 가지고 지낼 수 있다면 얼마나 좋을까. 하지만 현실 속 우리는 싱크대에 담겨 있는 그릇 하나로도, 치약을 짜는 방법으로도 싸울 수 있는 존재다. 우리가 함께하는 한 갈등은 피할 수 없다. 그렇다면 조금이라도 잘 싸우고 싶다. 아무렇게나 되는 대로 말고, 되도록 소모적이지 않게 싸우고 싶다. 어차피 우리의 갈등은 장기전이다.

그래서 이제는 감정을 감정대로 말하거나, 불만을 참았다가 잘못된 방향으로 터뜨리지 않으려고 노력한다. 여전히 힘들지만 최대한 감정을 배제한 채로 내 상태에 대해 설명하려고 애쓴다. 대화 중에는 사실관계에 대해서만 말하고. 현재 상황과 관련 없는 말이나 인신공격이 될 수 있는 민감한 단어는 피해야 불필요한 소모를 줄일 수 있다는 걸

안다. 감정에도 관성이 있어 대화 도중 감정의 방향을 틀기는 좀처럼 쉽지 않고, 한번 화를 내기 시작하면 흥분을 가라앉히기 힘들어진다. 그러므로 처음부터 차분하게 이야기하려고 애쓰면 정말로 마음이 조금은 누그러지는 것을 느낄 수 있다. 이런 노력이 늘 실패로 돌아간다 해도 어쨌든 계속 애써본다. 유치하게 싸우고, 본의 아니게 상처 주고도 함께 저녁 식탁에 앉을 걸 알기 때문에.

꽤 감정적이었던 나의 모습도 조금은 둥글둥글한 모양으로 나이 들어가는 중이다. 끝장을 볼 것 같았던 과거의 싸움에 비하면 이제는 대부분의 말다툼도 싱겁게 끝나고 만다. 그러니까 한 가지는 분명하다. 감기에 걸리고 나서 항체를 얻듯, 사랑하는 이들과의 숱한 갈등을 통해 잘 싸우는 방법을 배울 수 있었다는 것. 오직 갈등을 통해서만 갈등에 대처하는 법을 배울 수 있었으니 과거 사랑했던, 현재 사랑하는 사람들과 그렇게 치열하게 싸웠던 것도 마냥 나쁘지만은 않았다. 앞으로도 나는 수많은 갈등을 겪으며

깎이고 넘어질 것이고, 여전히 명쾌하지 못한 관계 앞에서는 서투르게 행동할 것이 분명하다. 하지만 사랑과 갈등은 필연적이라는 것을 겨우 알게 되었으니 갈등에 조금은 의연하게 대처할 수 있겠지.

나를 계속 자라게 하는 것들

———

　　　다행스러운 것은 사람의 마음은 성
장판이 닫힌 후에도 계속 자랄 수 있다는 것이다. 지나고
보니 그동안 만나온 몇몇 좋은 사람들의 따뜻한 말들이 쌓
이고 쌓여 미처 덜 자란 나를 계속 자라게 만들어줬다. 지
나간 연인의 뜨거웠던 응원, 친구의 다정했던 마음, 너는
잘할 수 있을 거라던 지지가 양분이 되어 나의 연약했던
마음 어딘가를 메워줬다. 한때 가까웠다 결국 멀어진 사
람들이라 해도 그들이 내게 보내줬던 애정은 어떤 형태로

든 나를 떠나지 않고 남아 있다. 안정적으로 마음을 주고받은 경험은 내게 남아서 그래도 사람의 선의를 믿어보도록, 따스함을 기대하도록 해준다. 내가 받은 사랑은 내 안에 가만히 고여 있기만 한 것이 아니라 예상치 못한 곳에서 용기로, 또 다른 사랑의 형태로 꼭 발현되고야 만다.

내가 너의 이름을 불러줄 때

———

        요즘 나의 일상에 한 가지 새로운 일이 끼어들었다. 매일 고양이 간식을 몇 개 챙겨 아파트 단지를 도는 것. 그러다 고양이를 마주칠 때면 하나씩 꺼내준다. 평소에 숨어 있다가 언제 어디서 튀어나올지 모르는 길고양이들을 대접하려면 미리 준비해 다녀야 한다.

고양이에 대해서는 아는 것이 전혀 없었다. 처음에는 어떤 고양이든 비슷해 보여서 그저 내게는 다 똑같은 길고양이

일 뿐이었다. 하지만 오랜 시간에 걸쳐 아이들이 눈에 익을수록, 자세히 들여다볼수록 똑같은 생김새의 고양이는 없었다. 어떤 아이는 노란색과 흰색이 섞인 치즈 무늬를 하고 있었고, 또 어떤 아이는 등에 커다란 검은색 점이 있었다. 눈동자가 각각 파란색과 녹색인 아이도 있었고, 사람이 다가가면 피하지도 않고 애옹거리는 (유기묘가 분명한) 흰 털이 복슬복슬한 고양이도 있었다. 언제부턴가 우리 가족은 눈에 익은 몇몇 아이들에게 별명을 붙여 부르기 시작했다. 매번 고양이의 생김새를 설명하기가 번거로웠기 때문이다. 그렇게 그 아이들은 길고양이라고 뭉뚱그려 불리는 대신 거북이, 호동이, 복실이, 메롱이 같은 새로운 이름을 차례차례 얻었다.

기억을 더듬어보니 얘네들은 아주 오래전부터 내 주위에 살고 있었다. 그리고 나는 오랜 기간 아이들을 무심히 지나쳤다. 원래 길에서 살아가는 애들이니 알아서 잘 살아가겠거니 했다. 심지어 쓰레기통 근처를 어슬렁거리고, 사람

들을 피해 은둔하는 모습에 왠지 다가가서는 안 되는 껄끄
러운 존재라고도 생각했다. 내가 이들의 이름을 불러주지
않던 지난 시간 동안 아이들이 얼마나 많은 생명의 위협을
받았는지, 추위와 더위를 어떻게 견뎠는지, 몇 번의 태풍
을 피해 숨어야 했는지 나는 알지 못한다.

그런데 신기하게도 이름을 붙여주고, 자꾸 이름을 부를수
록 아이들의 삶이 점점 눈에 들어온다. 몇몇 고양이들은
주로 화단 구석에 숨어 지내고, 좋은 자리를 차지하지 못
한 아이들은 비가 와도 차 밑에서 발이 쫄딱 젖은 채로 밥
을 먹는다. 복실이와 메롱이는 단짝이라 길거리 생활을 함
께 버티는 중이고, 최근에 새끼를 출산한 사만다의 길거리
육아는 정말로 만만치 않다. 추위와 사람과 수컷 고양이로
부터 새끼를 지켜야 하기 때문이다.

정말로 사랑은 내가 너에게 이름을 붙여줄 때, 내가 너를
불러줄 때 시작되었다. 내게 그들은 이제 대명사가 아니라

고유 명사로 존재한다. 더 이상 으슥한 곳으로 숨어드는 길고양이가 아니라, 지난밤을 잘 버텨냈는지 안부를 확인해야만 안심이 되는 나의 이웃 고양이들이 되었다.

나의 발견

지금의 내 모습에는 내게 머물렀다 간 사람들의 흔적이 곳곳에 남아 있다. 그들이 남기고 간 무언가가 아니라, 그들이 내 안에서 발견해준 무언가에. 너무 익숙해서 쓰임을 잊은 방 안의 잡동사니처럼 나도 미처 모르고 살던 내 모습을 새롭게 발견해줬다. 잠시 잊었던 꿈이나 용기, 내가 어떤 식으로 다정할 수 있는지 같은 것들. 그러니까 어쩌면 나는 그들이 발견해준 내 모습으로 살아가고 있다.

작별 인사 하지 않고도 헤어지는 법

―――

　　　　　가까웠다가 멀어진 친구들을 떠올리면 이상하게 지나간 연인들을 떠올릴 때보다 마음이 더 이상하다. 서로의 일거수일투족을 공유하던 시절이 있었는데 이제는 서로가 서로 없이도 잘 살고 있다. 내게 연인과의 이별은 예정된 이별이다. 연인 사이라는 것이 워낙 예측 불가능하니 언젠가는 헤어질 수 있다는 가능성을 은연중에 계산하고 있다면, 친구 관계는 그렇지 않았다. 별일 없는 한 나이 들어서도 함께 맛집에 다니고 새로 산 옷이 잘 어울리는지 아닌지 얘기해줄 거라 굳게 믿고 있었는데 전혀 예상하지 못한 이별은 나를 당황스럽게 만들었다.

특별한 계기가 있어서 멀어진 친구도 있지만, 그렇지 않은 친구가 더 많았다. 어느 순간부터 연락이 뜸하거나 만나는 횟수가 줄어들었다. 그리고 결국에는 전혀 자연스럽지 않은 감정으로, 자연스럽게 멀어졌다. 영문도 모른 채 헤어짐을 당하는 쪽일 때도, 내가 먼저 멀어지는 쪽일 때도 있었다. 두 경우 모두 이유를 묻는 일은 없었다. 내가 헤어짐을 당하는 쪽일 경우, 대충 짐작 가는 부분이 있어도 명확한 건 없었다. 이유를 모르고 헤어지는 일이 힘든 이유는 내가 했던 모든 행동을 모두 미움받을 만한 이유로 갖다 붙일 수 있기 때문이다. 내가 그 날 조금 덜 웃어서 우리 사이의 공기를 맥 빠지게 했다던가, 약속 시각에 조금 늦었다던가, 아니면 그보다 더 전에 말실수를 했었나. 별 시답지 않은 이유도, 내가 문자 답장을 빨리하지 않은 일조차도 이별의 원인으로는 그럴싸했다. 그렇게 사랑했던 친구들과의 이별은 응급 처치도 못 하고 급하게 덮어놓은 상처 같았다. 그저 덮어두고 잊고 지내다가 그냥 무감각해지길 기다려야 한다.

조금 시간이 지난 후, 나는 친구가 나와의 관계를 단절한 것이 아니라 '거리 두기'를 한 것뿐이라고 해석할 수 있게 되었다. '거리 두기'는 나도 의식하지 못하는 사이에 삶에서 자주 일어나는 것이었다. 예를 들면 다음에 밥 한번 먹자고 얘기하고는 지키지 못한 약속이나 몇 년째 읽지 못하고 책장에 처박혀 있는 고전 문학 같은 것일 수도 있다. 학창 시절 새 학기가 되면 작년 친구들과는 자연스레 멀어지고 곧 새 친구를 사귀게 되는 것처럼, 우리도 보이지 않는 시간의 구분으로 인해 새로운 시기를 맞이한 것이다. 이제껏 서로 잘 맞는다고 생각했던 부분이 생각의 변화로 인해 더는 맞지 않는다고 느낄 수도 있고, 오랜 시간 쌓아왔던 문제가 원인이었을 수도 있다. 이유가 어찌 됐든 삶의 챕터가 넘어감에 따라 관계는 얼마든지 변할 수 있었다. 더 이상 자책할 필요는 없었다.

그렇게 작별 인사를 하지 않고도 헤어지는 법을, 이별의 이유를 묻지 않고도 이별을 받아들이는 법을 친구들과의 이별로 배워온 것 같다. 멀어지면 멀어지는 대로 두는 것 또한 내 삶이 다음 단계로 넘어갈 수 있게 만드는 노력이다.

대책 없음

——

우리 사이가 대단하게 여겨지던 날도 있었는데 지나고 보니 그것도 어떤 상태에 불과했음을 깨닫는다. 좋았던 순간도 아팠던 순간도 모두 잠시 머무르는 상태였음을 이제는 안다. 그렇다고 해서 앞으로 사랑에 초연해질 수도 없을 것이다. 관계는 매번 나를 흔들고 나는 또다시 상처에 예민하게 떨겠지만, 어차피 결국 지나가는 것이라면 대책 없이 흔들리는 것밖에는, 어디로 향하는지 모른 채로 파도에 떠밀리는 것밖에는 별다른 방법이 없다.

당신과의 적정 거리

내가 중학교에 입학할 당시에는 H.O.T, 신화, god 등 1세대 아이돌이 한창 활약하고 있을 때였고, 반 아이들은 두 부류로 나뉘었다. 누군가의 확고한 팬이거나 아니면 특별한 호불호 없이 대부분의 가수를 모두 좋아하거나. 나는 전자에 속했다. 그 대상은 몇 개월마다 바뀌었고, 학창 시절 내내 셀 수 없이 많은 아이돌이 내 마음을 흔들고 지나갔다. 팬클럽에 가입하거나 콘서트를 따라다니는 열성 팬은 아니었지만 나름대로 조용히,

치열하게 빠져 지냈다. 좋아하는 아이돌이 나오는 방송을 모두 섭렵하는 것은 물론이고 매달 잡지 사진을 잘라 고이 모셔두곤 했다. 여느 팬들처럼 입만 열면 내가 좋아하는 가수가 어떤 식으로 멋있는지 이야기하기 바빴다.

지금 생각해보면 내게는 덕질의 유전자가 있었던 것 같다. 성인이 되고부터는 그 덕질의 유전자가 자연스레 남자 친구와의 관계에서 발현되었다. 남자 친구가 생기면 적당히 좋아할 수가 없었다. 그건 내 의지로 조절할 수 없는 영역이었다. 덕질하듯 이 사람의 모든 것을 공부하고 파야만 직성이 풀렸다. 좋아한다면 그래야 할 것 같았다. 취향부터 성격, 과거, 인간관계 등 모든 것을 속속들이 알고 싶어 에너지를 쏟았다. 내 일상이 타인으로 뒤덮이는 경험이었다. 문제는 에너지도 한정된 자원이라 계속 쓰면 고갈된다는 것이었다. 타고나길 에너지가 넘치는 사람이 아닌데 타인에게 내 열정을 쏟아붓고 있으니 남자 친구를 좋아하면서도 연애 자체가 점점 힘에 부쳤다. 사랑이란 원래 이렇게 괴로운 것인가 고민하다가 연애의 끝 무렵이면 나는 늘 스스로에게 지쳐 나가떨어지곤 했다.

덕질도 적당한 거리에서 해야 행복하다. 학창 시절 아이돌 덕질은 내가 닿을 수 없는 거리에서 상대를 일방적으로 응원하는 일이었다. 하지만 서로의 일거수일투족을 모두 아는 사람을 덕질하는 일은 힘들다. 우리는 일상에서 계속해서 영향을 주고받으며 지내는데, 우리 사이에 일어나는 모든 사소한 일에 의미를 부여하고 촉각을 곤두세운다면 당연히 지칠 수밖에 없다.

사람마다 타인과 유지해야 할 적정 거리가 있다. 어떤 사람은 타인과 아주 가까운 거리에서도 많은 힘을 들이지 않고 지낼 수 있지만, 나 같은 사람은 타인과 너무 가까운 거리에서는 필요 이상의 에너지를 쓰기 때문에 어느 정도의 거리를 지키고 있어야 편안함을 느낀다. 이제껏 나에게 맞는 적정 거리를 몰랐기 때문에 사랑에 빠지기만 하면 내 일상은 붕괴되었던 것이다.

나는 나의 최전방에서, 1열의 자리에 앉아서 타인을 사랑하는 방법밖에는 몰랐다. 이제는 내가 가장 편안함을 느끼는 적정 거리에서 타인을 좋아할 수 있길 바란다. 너무 가깝지도 멀지도 않게, 상대를 눈 안에 꽉 차게 담을 수 있는 G열쯤의 자리에서.

온기를 나눠주고야 마는 존재

나의 태도에는 어딘가 모순된 데가 있다. 혼자가 좋다고, 혼자서도 잘 살 수 있다고 메마른 사람처럼 말하면서도 결국 어딘가에 애정을 쏟고 있는 것이다. 하루에 두어 번씩 동네 고양이를 살피러 나가는 일이 그렇다. 하루아침에 어떻게 될지 모르는 게 길 위의 삶이라 자주 살피지 않으면 불안하다. 따뜻한 물과 사료, 간식을 가방에 담아 아파트 단지 이곳저곳을 돌아다닌다. 이렇게 고양이들과 인사를 나눈 지도 3개월이 넘어가니 내 발

소리만 듣고도 어디선가 튀어나오는 아이도 있고, 몸을 비비며 애정을 표현하는 아이도 있다. 처음에는 내가 고양이들을 챙긴다고 생각했는데 이제는 오히려 내가 그들에게 사랑받고 있다. 이런 식으로 나는 나도 모르게 다른 대상에게 애정을 주고, 또 돌려받는다.

때로는 길고양이에게 해코지를 하는 사람 때문에 뜻이 맞는 이웃들과 연대하기도 한다. 우리는 고양이 집 위치에 대해 함께 고민하고, 집에 붙일 안내문을 제작한다. 혼자서는 버거웠을 일을 서로 나눠 짊어지면 한결 수월하다. 그러니 때로는 사람 때문에 괴롭지만, 결국 기대할 수 있는 것도 사람의 선의밖에 없다. 동네 고양이들로 인해, 이웃과의 연대로 인해 내 마음은 자주 뜨거워진다.

세상에는 다양한 형태의 사랑이 존재한다. 지구를 위해 텀블러를 들고 다니는 일도, 내가 좋아하는 일에 열정을 쏟는 것도, 아파트 경비원의 해고에 반대표를 던지는 일도 모두 내 마음 한편을 어딘가에 내주는 일이다. 역설적이게도 내 마음을 내줌으로써 내 마음이 한 평쯤은 더 넓어진다고 느낀다. 연인의 사랑을 바라지 않아도 다양한 형태의 사랑을 통해 삶을 온기 있게 만들 수 있다. 연애를 하지 않아도 충분히 사랑하며 지낸다고 말할 수 있는 이유도 그 때문이다. 혼자여도 괜찮은 시간을 보내고 있지만, 정말로 혼자서 살아가고 있지는 않다. 결국 우리는 무언가를 사랑할 수밖에 없는, 온기를 나눠주고야 마는 존재들이다.

나는 너에게 영원히 오해받기로 했다

———

　　　　내가 누군가를 오해하기로 결정하는 일은 나 또한 그들에게 오해받기로 결정하는 일이다. 오해받는다는 것은 더 이상 내 행동을 수정할 기회가 주어지지 않고, 시간이 흐른 뒤 후회한다 해도 더 이상 해명할 수 없다는 것이다. 그래서 오해받는 일에는 늘 어떤 각오가 필요하다.

가끔 나를 오해한 채로 떠나간 사람들이 나를 얼마나 형편

없는 사람으로 기억하고 있을지 상상해본다. 자기감정이 더 중요한 사람, 말로 상처 주는 사람, 의존적인 사람, 배려 없는 사람 등 다양하게도 별로인 모습으로 남았을 것 같다. 과거 내 모습을 마주하는 일은 내가 과거에 썼던 문장을 마주하는 일과 비슷하다. 부족한 부분밖에 보이지 않기 때문이다. 어딘가 엉성하고 이상한 과거의 문장을 보는 일은 늘 괴롭다. 그래서 무엇도 되지 못한 과거의 문장을 고친다. 단어를 바꾸고, 흐름을 고치고, 필요 없는 부분은 삭제한다. 문장을 조금이라도 나아지게 만들려면 고치는 것밖에는 별다른 방법이 없다.

누군가를 오해한 채로 떠날 때마다, 누군가에게 오해받을 때마다 우리는 어쩔 수 없이 어딘가 부족한 자신의 모습을 마주한다. 시간이 지날수록 부족한 모습이 점점 더 선명히 보인다면, 우리는 문장을 고치듯 자신을 지우고 새로 고쳐 쓰게 된다. 더디더라도, 미미하게나마 우리의 모습은 분명 조금씩 변한다. 아마 내가 지난날 오해했던 그들의 모습도 조금씩 수정되어 더 나은 모습으로 다듬어지지 않았을까.

이별의 생생한 감정에서 벗어나, 시간이라는 가장 강력한 망각제의 도움을 받고 보니 오해하는 일은 결국 나중에 가서는 어떤 식으로든 이해하게 되는 일이다. 과거 형편없었을지도 모르는 내 모습까지 인정하는 일이다. 지금의 내가 과거의 나를 이해해주는 일이다. 서로에 대한 오해가 젊음의 미숙함이었다고 너그러이 감싸주는 일이다. 그래서 결국엔 마음이 조금씩 넓어지는 일이다. 아무에게도 해명할 수 없는 미숙했던 시절에 대한 약간의 억울한 마음을 담아, 지금의 나는 어제보다는 덜 형편없는 사람이 되어가고 있다고 믿고 싶다.

나서며

한때 나는 그토록 사랑받고 싶었다. 내 마음대로 되지 않아서, 나 혼자서는 어떤 것도 할 수 없어서, 사랑받고 싶어서 관계에 매달렸다. 약한 마음을 감추기 위해 오히려 상대방에게 상처 줬다. 그래야만 사랑받지 못하더라도 합리화할 수 있었기 때문이다. 그저 사랑받고 싶었을 뿐인데 내상은 점점 더 커져갔다. 사랑은 지긋지긋했지만 혼자가 되는 것 또한 두려웠다. 그 사이에서 어쩔 줄 몰라 하며 오랜 시간을 보냈다.

지금의 나는 누군가가 내 곁에 없어도 괜찮다고 느낀다. 혼자 잘 먹고 잘 살 수 있기 때문이 아니라, 내가 행복해지는 데 특정 대상이 필요하지 않기 때문이다. 스스로를 돌보며, 약한 생명에게 애정을 보내며, 타인과 연대하며 행복을 느낀다. 점점 나 자신이 되어가고 있다.

사랑은 어디에서도 찾을 수 없었다. 내가 그토록 찾아다니던 사랑은 다만 내 안에 있었을 뿐이다. 그러므로 어딘가에 마음을 내어주는 것만이 사랑을 발견할 수 있는 방법이다. 사랑을 줌으로써 내 안에 또다시 사랑이 고인다. 그 재능을 발견하고, 갈고 닦는 것. 이제 그것이 내가 믿는 삶의 방식이다. 누군가에게 꼭 사랑받지 않더라도 사랑할 수 있는 방법을 찾은 것 같다.

2020년 봄

손민지

I decided to misunderstand you for the rest of time

나는 너를 영원히 오해하기로 했다

2020년 5월 22일 초판 1쇄 발행
2020년 7월 22일 초판 2쇄 발행

지 은 이 | 손민지
펴 낸 이 | 서장혁
책임편집 | 장진영
디 자 인 | 정인호
마 케 팅 | 한승훈, 최은성, 한아름

펴 낸 곳 | 봄름
주   소 | 경기도 파주시 회동길 216 2층
T E L | 1544-5383
홈페이지 | www.bomlm.com
E - mail | support@tomato4u.com
등   록 | 2012. 1. 11.

I S B N | 979-11-90278-29-4 (03810)

봄름은 토마토출판그룹의 에세이 브랜드입니다.